ぼくのプロローグ

ゆらひかる

11483

角川ルビー文庫

目次

ぼくのプロローグ　五
あとがき　二二九

口絵・本文イラスト／桜城　やや

『「貴之《たかゆき》……もう……」

呟《つぶや》く洋希《ひろき》の唇《くちびる》は、じっと上から見下ろしている恋人《こいびと》に哀願《あいがん》するように訴《うった》えた。

薄暗《うすぐら》い部室の冷たい床《ゆか》の上で一方的に責め続けられて、乱れていく自分を止められない。

「洋希」

貴之の甘《あま》い声で呼ばれると、それだけで彼《かれ》は抵抗《ていこう》できなくなってしまうのだ。

のけ反る身体《からだ》を開かせて、貴之はさっきから洋希のいちばん感じる部分を指で弄《もてあそ》んでいる。

人気のない校内の静まり返った部室には、彼らの荒《あら》い吐息《といき》しか聞こえない。

「…貴之…我慢《がまん》できないよ…して」

洋希は、酔《よ》ったように上から見つめる男の身体を引き寄せて、夢中《むちゅう》で彼の唇に自分の唇を押《お》しつけた。

「好き、だから……」

唇の隙間《すきま》から哀願の声が漏《も》れる。

「…いいのか？」

念を押すように尋《たず》ねた貴之も、ひどく苦しそうに息を抑《おさ》えていた。

いちど欲情に流されると、ひどく強引に扱《あつか》ってしまう。苦痛に涙《なみだ》を流す洋希に、さらに苦痛を与《あた》えることになる。

貴之の欲望はすでに硬《かた》く勃《た》ち上がり、熱く脈打っていた。彼の指に擦《こす》り上げられた洋希の昂《たかぶ》りも、先端《せんたん》から透明《とうめい》な涎《よだれ》を溢《あふ》れさせている。

「……は…ぁッ」

指の腹で先端を撫《な》でられて、洋希がぶるっと身体を震《ふる》わせた。

甘く喘《あえ》ぐ首筋に吸いついて、わざと赤い痕跡《こんせき》を残した。

淫靡《いんび》な仕草で自分の唇を舐《な》めると、貴之は洋希の下腹部に顔を埋《う》めて――』


――洋希の××な部分に、貴之は×××を押し当てて――!?


「うわっ！　ちょっ、ちょっと、これ以上は勘弁《かんべん》してくれぇ～っ!!」

机の上でパンッと本を閉じ、ぼくは鳥肌《とりはだ》が立った腕《うで》をゴシゴシ擦ってしまった。

「どうして男同士なのに、こんなことするんだよぅ……」

自分で自分の身体を抱《だ》きしめ、首を振《ふ》って弱音を吐《は》いてしまう。

たったいま読んでいたのは、知り合いのベテラン女流作家・富田《とみた》じゅん先生の小説。

『今度の小説の参考資料にしてね～』と親切にも彼女《かのじょ》が貸してくれた本だった。

「こんなに、コワイ世界だったとは……」

恨《うら》みがましく呟いてしまう。ふつうの男にとっては、間違《まちが》いなく背筋が寒くなる世界《ホラー》だ。

――しかし、

「逃《に》げちゃ、だめなんだ。逃げちゃ！」

ぼくは思いっきり拳《こぶし》を握《にぎ》って大声をあげていた。

冷めたコーヒーを一気に飲み干して、ダンッ！　とカップを乱暴に置く。

「でも…あぁっ、書けないものは、書けないんだよお〜！」

さっきから口をついて出るのは、ずっと、こんなんばっかりだ。頭を抱《かか》えて唸《うな》ったり、腕を組んで唸ったり。もう〝う〜〜ん〟しか口から出てこない。

散らかった机上の手書きプロットやメモを片づけ、もういちど意を決してパソコンのモニター画面と向かい合う。

「あ〜っ、やっぱりだめだーっ！」

ついにイスから離《はな》れると、ぼくはすぐ横のベッドにどさりと倒《たお》れ込《こ》んだ。

プロットを組み立てる段階で、頭が完璧《かんぺき》に考えるのを拒否《きょひ》してしまっている。もう、いったい何をどうしたらいいのか、自分でもサッパリわからなくなってしまった……。
・ナンだよこの『男×男《ボーイズ》』ってヤツはよ〜っ！
ぼく、月充《つきみつ》ひかるは都内私立大学の国文科四年生で、二十一歳《さい》のレッキとした男だ。二年くらい前に、たまたま投稿《とうこう》した小説が入選して、いらい少女向けのライト・ノベルズを書いている。

でも、このことはまだ家族にも誰《だれ》にも言っていない。掲載《けいさい》が少女誌だから恥《は》ずかしいってわけじゃなく、まだ新人で、仕事に対しての自信も気持ちの余裕《よゆう》もないからだ。

なのに！　次回の編集部からの依頼《いらい》は、なんと『男同士の恋愛』モノなのだっ！　これは、ぼくが自信満々でも、気持ちの余裕があっても、きっと恥ずかしいと思う。

だいたい男同士ってだけで腰《こし》が引けているのに…。プロット作りに煮詰《につ》まって、ワラにもすがる思いで読んだじゅん先生のハードな参考資料（!?）のおかげで、さらにダメージを喰《く》らってしまった。追い討ちをかけられて、ぐっさりトドメを刺《さ》された気分だ。

「負けるな月充……」

自分を叱咤《しった》しながら、ふらふらと首を振る。落ち着け、これは勝ち負けの問題じゃない…。だいいち、勝ったってちっとも嬉《うれ》しくないぞ……。

「仕事なんだから」

そう自分に言い聞かせるしかないのだ。どんなものでも仕事は仕事。

ぼくは、まだ仕事を選べる立場じゃない。ポリシーに反するからと断って、次に仕事があると楽観できるほど、ここは甘い世界じゃないのだ。

ため息をついて机に向かおうとした時、ぴたりと足が止まった。積み上げてあるじゅん先生の本が崩《くず》れていた。あらためて見た表紙のイラストは、かなり赤裸々《せきらら》なものもあって硬直《こうちょく》してしまう。

しばらく、ぼくは口を押さえながらその表紙を見下ろしていた。もちろん親切で貸してくれた本は、ちゃんと読まないといけない。そうして自分も……、書かないといけない。

「そ、そうだっ、コンビニに行こう！」

たったいま思いついたフリをして、ぼくはサイフを摑《つか》んで深夜の街に逃げ……いや、気晴らしに出かけることにしたのだ。

◇◆◇

八月初め、学生は夏休みのまっただ中だ。近くのコンビニに着いたのは、ちょうど深夜二時くらいだったと思う。

深夜のコンビニにネタが転がっているとも思えないが、とりあえずエアコンの効いた涼《すず》しい店内をぶらぶらする。品揃《しなぞろ》えがいいので、よく利用する店だった。整理された棚《たな》の商品を眺《なが》めているだけで、けっこう気分転換《てんかん》にもなる。

「しかしなぁ」

デザートの棚の前で顎《あご》に拳を当てて悩《なや》んでしまう。

男同士というシチュエーションは置いといて、まずストーリーかキャラクターを先に作ってしまえば、もしかしたら書けるかもしれない。

——と、すると……やっぱり主人公は、絶対いい男じゃないとダメなんだろうなぁ…。

そんなことを考えながら、ぼくは店内を見回していた。

最初に〝彼〟を見つけたとき、〝そう、ちょうど、こんなタイプなんだよ…!〟と、ポンッと手を打ってしまった。

客はその青年ひとりで、さっきから雑誌コーナーの一角で熱心に雑誌を選んでいた。年齢《ねんれい》は二十五歳前後に見える。バランスのとれた体軀《たいく》に、かなりの長身だ。真っ白なTシャツにストレートジーンズという、さり気ない服装もけっこうキマッていた。

——こいつなら、ハードボイルドでもイケるかもしれない…。

いい男だけど、体格がいいのでちょっと近寄りがたい迫力《はくりょく》がある。でも涼しげな目元が、きつくなりそうな表情や雰囲気《ふんいき》をぐっと和らげていた。

〝うん、やっぱりいいよなあ〟

いちど店内をぐるっと一周し、あらゆる角度から彼を眺めて、ぼくは大いに感心した。

ふだんなら、どんなにカッコイイ奴《やつ》だろうと、意識して男を気に留めたり眺めたりすることはない。しかしキャラの設定を考えているいま、彼は外見だけならイメージにぴったりなのだ。
もういちど雑誌のコーナーに戻《もど》ると、青年から少し離れた斜《なな》め後ろで、バレないように窘い
ガラスに映る彼の顔を観察する。仕草にどんなクセがあるのか、どんな性格で、どんな雑誌を
読んでいるのか、参考になりそうなことは、しっかり覚えて帰りたいのだ。
その彼が、手を伸《の》ばして抜《ぬ》き取った雑誌が『おしゃれな奥《おく》さん』だったりして、ぼくはズル
ッとこけそうになった。
――な、なんで？？？
深夜二時に奥さん雑誌を読む男……？　こいつは、いったい何者なんだ……⁉
ぼくも作家のはしくれで、好奇心《こうきしん》だけは人一倍ある。そのうえ、いまはどーしようもなく煮
詰まってて焦《こ》げつき寸前。そんなわけで、興味津々《しんしん》でその〝ハンサムだけどヘンな男〟をまじ
まじ見てしまったのは、しょうがないだろう……。
伏目《ふしめ》がちに雑誌をめくっていた彼の口元が、ふっと楽しそうに持ち上がった。
――え…？　奥さま雑誌に、ナンか面白《おもしろ》いことでも書いてあるのか――⁉
つい身を乗り出して、後ろから彼の手元をのぞき込む。
・そのとき、ふいに彼は雑誌から顔を上げた。正面のガラスで視線がぶつかり、ドックンと音
をたてて、ぼくの心臓が跳《は》ね上がった。

「やあ」

ガラスに映った顔が、ぼくを見つめてニヤッと笑う。

「ひとり？」

肩越《かたご》しにこちらを振《ふ》り返った彼に、ぼくは思わず顎を引いてしまった。

「ひま？」

「い、いえっ、ひまじゃないです…」

ぼくは、あわてて胸の前で両手を振った。

短いたったひとことなのに、声が低くてよく響《ひび》く。

「ひまならデートしようか？」

「はっ!?　……いやあの、ぼく男なんで、おかまいなく…」

びっくりして、どうにもマヌケな言い訳になる。

——もしかしたら、女の子と間違えてるのか……？

上京してからは、ごくたまに男から声をかけられることがあったのだ。そりゃあ身長は、あまり高くないけど、これでも筋肉だってついてるつもりだ…。

「ああ、そう」

笑顔でこっちに身体《からだ》を向けて、彼は曖昧《あいまい》な返事をする。

おかしそうに目を細めた表情も、男と知らずに声をかけたのか、知っていて声をかけたのか、さっぱり読めなかった。

目の前に立たれると異様に圧迫感《あっぱくかん》があって、顔を見ようと思ったら、こっちが一歩下がらなければならない。ヘタすれば、ぼくより二十センチくらい背が高そうだ。このくらいタッパがあれば、きっとかなりモテるだろう。

声や雰囲気からして、俳優か劇団関係の役者という可能性もありそうだ。

「ひまじゃないって、おまえひまなんだろ？」

彼にまた苦笑されたとき、またぼんやり見つめていたぼくはハッと我に返った。

「…いえっ」

一瞬《いっしゅん》言葉に詰《つ》まって、同時にカーッと顔が熱くなる。

急いで視線を逸《そ》らすと、ぼくは彼に背を向けて逃《に》げるように歩き出した。

動揺《どうよう》して赤面してしまった自分が、どうにも恥ずかしい。冷房《れいぼう》の効いた店内で、どっと汗《あせ》が噴《ふ》き出し、ぼくは着ていたグリーンのパーカーの胸をぐっと押《お》さえた。バクバクする心臓の鼓《こ》動《どう》が、胸に当てた拳《こぶし》を細かく揺《ゆ》さぶる。

――ちくしょう！　なんで男に声をかけられて、こんなに動揺するんだよ！

しかし無遠慮《ぶえんりょ》に見ていたのはこっちなので、よけいに体裁が悪い。

――こんな深夜なんだ。変わった奴のひとりやふたりいるだろ……っ！

無理やり自分にそう言い聞かせる。

ドリンク・コーナーで、さっさとコーラを二本抜くと、なんとか気を静めて真ん中の通路からレジに向かった。

今夜は早く帰ってひとりで悩むか、あきらめて寝《ね》てしまったほうがよさそうだ。

「気をつけて帰れよ」

向こうで彼が軽く手を上げ、〝どうも〟と、ぼくも疲《つか》れた笑顔で手を上げる。

しつこくないし、悪い奴でもないんだろうが――、

〝…男に、夜道の心配をされてしまった……〟

気分転換に来たはずなのに、なんだかよけい消耗《しょうもう》してしまった気がする。


店を出ようとしたちょうどそのとき、自動ドアが開いて外から怪《あや》しい男達が入ってきた。

「はいはい、みなさん騒《さわ》がないでね」

会場整理のバイトみたいな口調だが、青いバンダナで口を覆《おお》っている。

男は野球帽《ぼう》にサングラスという風体で、突然《とつぜん》、大型のサバイバルナイフを取り出して、ぼくの胸に突《つ》きつけた。そいつに肩を摑《つか》まれ、そのまま十歩ほど押されて奥の商品棚に背中がぶつかった。

「ほら、集金だっ!!」

ぼくの胸ぐらを摑んだまま、その野球帽の男が振り返って大声をあげる。

一緒《いっしょ》に入ってきた茶髪《ちゃぱつ》が、「おうっ！」と返事をしてレジカウンターに押し入った。真夏だというのに、ふたりとも周到《しゅうとう》に顔を隠《かく》していて黒いジャンパーを着込《きこ》んでいた。

「金だ、急げっ」

茶髪はバイトの小柄《こがら》な青年の腹にナイフを突きつけた。

「終わるまで静かにしてろよ」

硬直して見上げるぼくに、男は「なっ」と優しく念押しする。

「あんた学生か？」

「は、はい」

のんびりした質問に、ぼくは相手を刺激《しげき》しないように声を抑《おさ》えて答えた。

ナイフを突きつけていなければ、温厚な人間だと誤解しそうな口調だ。しかし、こういう奴こそ平気で人を殺せるタイプなのかもしれなかった。サングラスをしていても、きっと笑っているだろうと思うとゾッとする。

「まだか？　引き上げるぞっ」

レジの金の回収に時間がかかっている相棒に声をかけ、男がぐるりと店内を見回す。

「おいっ待て、きさまっ！」

突然男が叫《さけ》んで、ぼくを突き飛ばして踵《きびす》を返した。

顔を上げると、さっきの変な青年が雑誌を持ってぶらぶらとレジに向かって歩いていく。強《ごう》盗《とう》に襲《おそ》われているというこの状況《じょうきょう》が、はたしてわかっているのか…？　やけにのんきそうに見えた。

彼《かれ》はレジの前までいくとニコッと笑って、ぶ厚い雑誌をくるくるっと丸めた。

緊張《きんちょう》して身構えた茶髪の前で、ふいに彼は目を細め、〝おやっ？〟という不思議そうな顔で上を見上げる。つられて、その場にいた全員が天井《てんじょう》を見上げてしまった。

とたん、

――バコーンッ!!　とすごい音が店内に響き渡《わた》った。

『おしゃれな奥さん』が男の脳天を直撃《ちょくげき》し、そこにいた全員がア然とする。ついで、〝パンッ〟と軽い音がして、頭を押さえかけた茶髪の顔面に素早いジャブが入った。はた目には軽く触《ふ》れたように見えた拳は、充分《じゅうぶん》なダメージで男の脳ミソをシェイクしたらしい。

ゆっくりと茶髪がレジの向こうに崩《くず》れ落ちた。

「…こいつ、す…っごい……っ！」

目を見開いたぼくの口から、無意識の呟《つぶや》きが漏《も》れる。

彼に間合いを詰められた野球帽の男が焦《あせ》って店内を見回し、商品棚の前で固まっていたぼくは、うっかりその男のサングラスと視線を合わせてしまった。

身を翻《ひるがえ》し、いきなり男がこっちに向かってくる。振り上げたナイフが銀色に煌《きら》めき、ぼくは呆然《ぼうぜん》とそれを見つめていた。

——この日ぼくは、コンビニ強盗ってやつに、生まれて初めて遭遇《そうぐう》してしまった……。

ナイフを構えた男が走ってくる。

眼前に鋭利《えいり》な刃物《はもの》のきっ先が煌めき、ぼくは棒立ちのまま、食い入るようにそれを見つめていた。

「ばかっ、避《よ》けろっ!!」

緊迫《きんぱく》した〝彼〟の声にハッと我に返る。

男の背後から長い腕《うで》が伸《の》び、刃物を摑んで激しく棚に叩《たた》きつけた。

——キンッ！　という金属音がして、弾《はじ》かれた大型ナイフがぼくの脇《わき》を掠《かす》めて落下し、回転しながら床《ゆか》を滑《すべ》っていく。首筋にヒヤリと冷たい汗が流れた。

「てめ……っ」

犯人が振り向いた瞬間、〝彼〟の回し蹴《げ》りが一閃《いっせん》し、チューインガムのラックを薙《な》ぎ倒《たお》して、男の身体は勢いよく入口に向かって吹《ふ》っ飛んでいった。深夜のコンビニの床には商品がぶちまけられ、まるで激しい嵐《あらし》が通り過ぎたような惨状《さんじょう》だった。

ぼくを助けてくれた〝彼〟だけが、何事もなかったように、いまそこに立っている……。

それはアッという間の出来事で、まるでアクション映画のおいしいとこだけ見せられたって感じだ。もしかして、どこかに隠しカメラがあって、これは映画の撮影《さつえい》なんじゃないかと思ったほどだ。

「おい」

〝彼〟が心配そうにぼくを揺さぶっていた。

「大丈夫《だいじょうぶ》か?」

彼の顔が間近にきて、ぼくはやっと大きく息を吐《は》き出した。いままで呼吸することさえ忘れていたらしい。

頷《うなず》いたものの下半身に力が入らず、そのままズルズルと床に座り込んでしまう。

「ケガはないか?」

一緒に屈《かが》み込んだ彼が、もう一度尋《たず》ねる。

すぐに声が出ない。心臓がまだ、慌《あわ》ただしく胸の内側を激しく叩いているのだ。

「……大丈夫です」

たっぷり十秒ほど経《た》って、ぼくはやっと気の抜《ぬ》けた声で答えた。

「そうか、――が無事でよかったな」

「え…?」

聞き返したぼくの頬《ほお》に軽く手を触れて、彼はふっと微笑《ほほえ》んだ。

「…あの」

ちゃんとお礼も言いたいのに、すぐに言葉が出てこない。

彼は立ち上がると、そのまま振り返らずに自動ドアを抜けて行ってしまった。ぼくは、まるで映画のラストシーンを眺《なが》めるように、彼の白いTシャツの背中を見送っていた。

〝いま…なんて言ったんだ……？〟

ふと彼が触れた頬に手をやったとき、指にぬるりとした感触《かんしょく》があってぎょっとする。

「ええっ、これってまさかっ……!?」

目の前に持ってきた自分の掌《てのひら》が、血で真っ赤に染まっていた。

見ると通路やドアの所にも、血の痕《あと》が点々と続いている。

「お、おい、冗談《じょうだん》だろ……っ！」

青くなって唾《つば》を呑《の》み込むと、ぼくは彼を追いかけて店を飛び出した。

彼のバイクはすでに走り出していて、大きく両手を振って声をあげても届かない。白いTシャツの背中が向こうの交差点を左折し、オフロードのエンジン音も、すぐに聞こえないほど遠く小さくなってしまった。

「あいつ…ケガしてたんだ……」

バイクがあった辺りの血溜《ちだ》まりを呆然と見つめてしまう。

かなりの出血だ。ぼくを庇《かば》って彼は手にケガを負ったんだ。

ナイフがぼくに向かってきたあのとき、彼は素手でナイフを摑《つか》んで切っ先を変えてくれた……。そうでなかったら、いまごろぼくの顔に、あのサバイバルナイフが突《つ》き刺《さ》っていたかもしれない。さっきの緊張と恐怖《きょうふ》が蘇《よみがえ》って、身体の芯《しん》がゾクリと凍《こご》えた。

「どうしよう…」

握《にぎ》った拳《こぶし》が震《ふる》えてきて、額に冷や汗《あせ》が流れた。

自分の命が助かった安堵《あんど》より、いまは彼のケガが心配でならない。最悪の場合、指が落ちることだってある。筋が切れたら指が動かなくなることだって……。

「捜《さが》さなきゃ」

深夜のビル街を眺めて呟く。

そのとき、遠くからパトカーのサイレンが聞こえてきた。

◇◆◇

中央区内、某《ぼう》ビルの八階にぼくの仕事先の編集部がある。

今日は著者校正のチェックで、さっきまで担当の山本さんとの打ち合わせをしていたのだ。

今までのシリーズが無事に完結して、肩《かた》の荷が下りた解放感に気持ちも足取りも軽かった。

元気《ハイ》な状態で、エレベーターも使わずに階段を駆《か》け下りていく。

「ひかるくん、ちょっと」

出版社の一階にある茶店《さてん》のドアが開いた。

「時間ある？」

大野編集長が顔を出してニッコリ笑う。

「はいっ」

元気よく返事をし、店内をのぞいてから急に不安になった。

向こうのテーブルでは、見覚えのある美人が楽しそうにぼくを手招きしている。

「じゅん先生もきてるよ」

「…はい」

なんてこった…！　ぼくの元気《ハイ》のボルテージは一気に下がってしまった。

「もー、ほんっっ…とに、ひかるって締《し》め切り守るいい子よねー」

「いい子でしょー」

――先生も見習ってね、と大野さんがさり気なくお願いをしている。

同席しているのはベテラン作家の富田じゅん先生だ。二十七歳《さい》のメガネ美人で、身長はぼくと同じくらいだ。女性としては背が高いほうだろう。

プロポーションも抜群《ばつぐん》で、長い髪《かみ》を後ろで束ねてスーツでキメてるところなんか、どこかの女社長を思わせる。

存在感がやたらとある人なのだ。ありすぎて、どうもぼくなどは気圧《けお》されてしまう。

「ところで、もう『コンビニ強盗《ごうとう》の彼氏』と会えた〜？」

「違います。コンビニ強盗から助けてくれた〝彼〟です！」

ぼくが必ず訂正《ていせい》するので、彼女《かのじょ》は楽しそうに吹き出した。

「う〜ん、ぜひひと目見たいわねえ。じつはね、あたしもすっごくいい男紹介《しょうかい》したいんだけど、ひかるはいま、コンビニ強盗の彼氏に夢中《むちゅう》だもんねー」

「じゅん先生、彼氏じゃありませんてば…」

嬉《うれ》しそうなじゅん先生に、ふらふらと首を振《ふ》る。

前にじゅん先生に事件の経緯《いきさつ》を話したとき、『がんばって捜すのよ！』と激励《げきれい》されたが、どうやら違《ちが》う意味の激励だったようなのだ。

深夜のコンビニ強盗事件から、もうひと月が経っていた。

もちろん例のコンビニには何度も足を運んでみたが、常連じゃないらしく彼を見つけることはできなかった。あのときの若い店員はすぐに辞めてしまったらしい。

夏休みが終わって九月に入っても、相変わらず蒸し蒸しした残暑が続いていた。もう大学は後期が始まり、ぼくには『仕事』とバイト、そして今年は卒論も控《ひか》えている。

どんなに忙《いそが》しくても退屈《たいくつ》でも月日は流れていく。そうやって、さして変わらない日常がずっと続いていく。

いつかは、彼のことを忘れてしまうのかもしれない。だけど、ぼくはまだ人混みの中に彼の姿を追っている。他人のためにケガをして、名前も告げずにいなくなった男《やつ》——。

東京に出てきて四年目。人付き合いの苦手なぼくが、初めてもう一度会いたいと思ったのが名前も知らない奴なんて、なんだか自分でも不思議な気がする……。


「彼氏いい男だったんでしょ？」

「カッコイイ人でしたよ」

じゅん先生の質問に、ぼくは正直に答えた。

「しかも命がけで守ってくれたんだから、これはもう惚《ほ》れるしかないわね！」

「なんでですか!?　惚れませんっ」

自信満々で断定されて、ぼくは大きく首を振った。

「だって、ずっと〝彼〟にこだわってるし、いまでも捜し回ってるんでしょう？」

「それは、恩人だから…」

ちょっと語尾《ごび》が弱くなる。

「うふふっ、わかってないわね。それが、いつしか恋《こい》に変わるのよ」

「………」

ぼくは前髪をかき上げて、あきらめ気味の小さなため息をついた。正直に答えても、どんどん都合よく解釈《かいしゃく》されてしまう。

——でも、恩人を捜していると、どうして恋に変わるかなぁ………？

女流作家の思考は謎《なぞ》だ。

「う〜ん、創作意欲を刺激《しげき》されるわあ。『コンビニ強盗の彼氏×ひかる』で、絶対一本書けるわね」

ザワッと首の後ろが逆立って、ぼくは庇うように両手で首を押《お》さえた。

邪《よこしま》なことを考えているときのじゅん先生は、まるで恋する乙女《おとめ》のようだ。口紅はキリッとしたレッドで、メガネ越《ご》しの二重の瞳《ひとみ》がキラキラと輝《かがや》いている。

——こんなに美人で才能もあるのに、どうして男同士に燃えるんだろう……？　やっぱり、ぼくには謎なのだ。

「ねえねえ大野さん、今度あたしに〝ひかる受け〟でハードなやつ書かせてよ」

「おお、そうですね、ぜひっ！　あははははっ」

大野さんは、体育会系のでかい身体《からだ》を揺《ゆ》すって笑っている。

「あの…じゅん先生〜」

「なんたって、じゅん先生が気合い入れた本は必ず売れますからねー」

「お、大野さん……それ冗談ですよねっ？」

遠慮《えんりょ》がちに聞いたとき、ふたりは同時に顔を見合わせて、にっこりとぼくに微笑《ほほえ》んでくれた。

――含《ふく》みのある微笑みがコワイ……。

彼《かれ》らにはデビュー当時から気にかけてもらっていて、いろいろとお世話になっている。じゅん先生もそうだが、大野編集長も温厚そうに見えて、なかなかのやり手。顔で笑っていても仕事に対しては、けっこうきびしい人なのだ。

「まっ、その話は置いといて～。ひかる、このあいだ貸した小説の参考資料はちゃんと読めた？」

「はい…え～と、まだ全部じゃないですけど」

不意に聞かれて、体温が一気に五度くらい上がった気がする。

「その表情《かお》は、いちおう読んだんだ」

「ストーリーの流れとか、すごく参考になりました」

「セックスシーン飛ばしたでしょ」

「…え～と…はい、まだです。すいません」

無意識に手の甲《こう》で額の汗を拭《ぬぐ》う。ウソをついてもすぐにバレるので、正直に頭を下げて謝ってしまった。

彼女は、ふつうのファンタジーやハードボイルドも書いていて、そっちは自分で買ってちゃんと読んだ。さすがに巧《うま》いと思う。

――がっ、せっかく彼女が好意で貸してくれたモノは、じつはまだ勇気がなくて全部読んでいないのだ。

「とくにハードなヤツを選んであげたのよー。ボーイズの参考資料なら、まだいくらでもあるからさ。それでも、わかんないことは、なんでも遠慮しないであたしに聞いてね！」

「…はい」

純粋《じゅんすい》に好意で言ってくれているのか、ホントは面白《おもしろ》がっているのか？？？　ぼくはいま、ちょっとわからなくなった。しかし、どっちにしろ逆らえないのは同じだ。

「まあまあ、じゅん先生、あんまり若い子いじめちゃダメですよ。彼にはソフト路線ってことで依頼《いらい》してますから。掲載《けいさい》予定は来年初めだけど、ひかるくん、そろそろプロット出してね」

「はい…っ」

助け船を出してくれた大野さんに、ぼくは努めて明るく答えた。

たしかにぼくのシリーズは今回で終わり。その後は……プロットしだいなわけで……。

「男が書く『男×男《ボーイズ》』ものなんて話題性あるよね。よ〜し、このさい写真とプロフィールも載《の》せてしまえ！　ひかるって髪の毛栗色《くりいろ》でサラサラだし、目が大きくて可愛《かわい》いからいいぞ」

今日のじゅん先生は、いつにもましてハイテンションだ。

「うん、それイケますねー」

ぼくを放って大野さんがバカウケしている。

「でしょー、これって読者サービスよね！」

「雑誌の売り上げアップしますかね？」

「ひかるならOK！」

妙《みょう》に強気で、じゅん先生がぐっと親指を立てた拳《こぶし》を突《つ》き出した。彼女は三十六歳の大野さんと同期のように喋《しゃべ》っていて、これではどっちが編集長かわからない。

「ちょっと、じゅん先生！　それだけは絶対嫌《いや》です。勘弁《かんべん》してください」

ぼくが必死で手を上げて抗議《こうぎ》しているのに、彼らの話はテンポが速くて、おまけにふたりとも声がでかいのだ。

「じゃあアンケートが取れなかったら、バツとして写真とプロフィール公開ね」

「じゅん先生〜」

すがるような声が漏《も》れてしまった。

ふたりが本気《マジ》だとは思えないが、考えただけで胃がキリキリ痛くなる。写真と大学名でも載ろうものなら、恥《は》ずかしくて外も歩けなくなってしまう！

たとえ、ぼくが本当にノーマルなんだと訴《うった》えても、『男×男《ボーイズ》』小説を書いている男と聞けば、世間の人はカミングアウトしていると勝手に思うだろう。

男であることは、いろんなプレッシャーや試練がつきまとうのだなぁと、自分の身に降りかかって初めて思う。もちろん女性にも試練はあるだろうけど、この場合、女性なら絶対に誤解されることはない。どうがんばっても、彼女らはホモにはなれないのだから…。

——もし、写真掲載を本気で迫《せま》られたら、何もかも捨てて逃げよう……！

ぼくは胸の裡《うち》で、ひっそり決心していた。

「ねえ、ひかる今月のあたしの新刊あげるからペン貸して」

「はい…？　ペンですか？」

じゅん先生の言動に悩《なや》まされているわりには、つい素直に応じてしまう。

「『ひかるくんへ』って、サインしてあげるから」

「…あ、ありがとうございます」

——じゅん先生…思いきり親切な人だ…。

これからは、ぼくの部屋にそのジャンルの本が確実に増えていくのだろう。しかもぼく宛《あて》の著者の直筆サイン入りだ。もう誰《だれ》にも部屋を見せられない…交通事故にも気をつけないとマズイ……。

いつもテキストや著者校正を入れているバッグから、ペンケースを取り出す。そのとき一緒《いっしょ》に出てきた白いものが、ひらっとテーブルの下に舞《ま》っていった。

ペンケースを彼女の前に置いたとき、彼女は先にぼくが落としたものをテーブルの下から拾い上げてくれた。

「ねえひかる〜、この手紙っていったいなにかな〜？」

「え？」

見覚えのある白い封筒《ふうとう》を指に挟《はさ》んで、じゅん先生がにっこり笑っていた。

◇

九月の第二土曜日。

初めての〝彼〟との待ち合わせに、ぼくは覚悟《かくご》を決めてやってきた。

べつにヤケを起こして、いきなり新宿二丁目に飛び込《こ》んだわけじゃない。大学後期が始まってすぐ、ぼくは人づてに妙な『手紙』をもらったのだ。

一学年下の経済学部の奴《やつ》で、名前も知らない〝男〟からの手紙。♥マークこそなかったが、『つき合ってほしい～』という内容だった。

生まれて初めてもらったラブレター。男からでなければ、けっこう舞い上がったかもしれないのに…。そして、この『男×男《ボーイズ》』ものの依頼？　何かに呪《のろ》われてるのだろうか……。

先日、編集部一階の茶店でじゅん先生に手紙を拾ってもらったとき、封筒の裏表をチラッと眺《なが》めた彼女のメガネがキラリと光った。

「ひかる、これ男の子からもらったんだ～っ」

勝手にそう決めつける。でもじっさい、ぼくの名前しか書いていない封筒はいかにも手渡《てわた》しだし、裏は相手の男の名前だけ。ファンレターでないのは一目瞭然《りょうぜん》だった。

「じゅん先生っ、それ返してくださいよ～！」

「わかってるわ、困ってるんでしょ。お姉さんが相談に乗ってあげるから」

受け取ろうとして差し出したぼくの手を握《にぎ》ると、じゅん先生はまじめな顔でそう言った。でも彼女の唇《くちびる》はヒクヒクしていて、頬《ほお》も上気している。おもしろがって笑いをこらえているのがバレバレだ。たしかに持て余していた手紙なので、「ね、見せて♥」とカワイく迫られて、なかば強引に頷《うなず》かされてしまった。

「なにこれ～っ、ぎゃはははーっ！」

しかも読みだしたとたん、いきなり笑いだす……。いつもながら、なんて強引マイウェイの人だろう。

「や～、あんたって男にモテるのね～。いやー、いいわ楽しくてー。作家やっててよかったじゃない。その才能生かせるわよ」

「なんの才能ですか⁉　だいいち、男からもらったって嬉《うれ》しくないですよ。それに二十歳《はたち》にもなった男が、こんなもの書きますか？」

つい声が大きくなってしまう。

たしかに、じゅん先生が大笑いするのもわかるんだ。手紙の主はポエマーなのか、ぼくだって読んでいて鳥肌《とりはだ》モノだった。

「だって、男に惚《ほ》れてる男を取材するチャンスじゃない〜！　本物に当たるなんてすごいわよっ！　いやあー、おめでとお〜！」

じゅん先生は、自分が宝くじの特賞に当たったように喜んでいる。

「めでたくないですよ、ふつう……」

声にため息が混じってしまう。この〝ふつう〟という考え方はよくないかもしれない。偏見《へんけん》を持つと世界が狭《せま》くなるからだ。

——でも、こいつのはイッちゃってて……、あまりに恥ずかしいんだぞ！

「キャーッ、いいっ、歯が浮《う》くーっ」

便せんを叩《たた》きながら、彼女は涙《なみだ》を流して喜んでいた。

「これ、この子取材しちゃいなさいよ。自分に惚れてる男の心情なんて、そうそう聞けるもんじゃないわよ」

「はあ……」

じゅん先生のテンションとは逆に、気のない返事になってしまった。

そりゃあ男に惚れてる男の心情なんて、ぼくにはぜんぜん理解できない。でも、のたうち回るほど面白《おもしろ》がられてる手紙の主にも、ちょっぴり同情した。

「まーねー、ひかるくんまだ若いから、勉強のつもりでやってみたら？」

それまでニヤニヤして聞いていただけなのに、大野さんまでが、そんなことを言う。

「それって、ひどくないですか？」

「いや〜僕《ぼく》はノーコメント。そういうのわからなくても書けるなら、べつにいいじゃない」

「じゃ、大野さんは『書ける』んですか!?」

つい意気込んで尋《たず》ねたぼくに、一拍《いっぱく》おいて大野さんがニッコリ笑った。

「僕はさ、編集する人。君は？」

優しい笑顔で軽くいなされてしまう。

「すいません」

あわてて謝りながら、どっと冷や汗《あせ》が出る。

たしかに書くのはぼくの仕事で、大野さんは編集者だ。立場をわきまえない、うっかり発言だった。笑いながらクギを刺《さ》す大野さんは、仕事面では私情をはさまないシビアな人だ。

「ひかるさー、あんたいま自分がどういう状況《じょうきょう》かわかってんの？　そんなに『書くこと』に罪悪感もってるんだったら作家やめたら!?　原稿《げんこう》真っ白で編集に迷惑《めいわく》かけるより、その方がよっぽど親切ってもんよ」

大野さんに言われて、いままたじゅん先生にもハッキリ言われてしまった。プロ意識がないと指摘《してき》されると、何も言い返せない。

「来年は卒業でしょ、作家としての自覚薄《うす》いんじゃないの？　大学卒業したら、いまの時代、自分で仕事を選んでなんかいられないわよっ！」

「いえ、選んでなんか…いません」

大学四年のこの時期まで、ぼくは就職活動を一切していないのだ。バイトを増やしてでも、作家としてやっていくつもりで…。

「…がんばります」

——あ…ハマッた……。

「まーさ〜っ、これも仕事だと思って、今回は気合い入れて行ってきなさい」

「気合い…ですか……？」

なんだか、ふ〜っと目眩《めまい》がする。

「そう、ファイトーッ!!」

じゅん先生の応援《おうえん》に倒《たお》れそうになりながら、たしかにスランプを打破する手段はこれしかないのかも……、と観念したのだ。

じゅん先生……ファンタジー系の他《ほか》に『男×男《ボーイズ》』歴十四年とか言っていた。大先輩《だいせんぱい》に激励《げきれい》されてナンだけど、メガネ越《ご》しの瞳《ひとみ》に情熱《パッション》を感じるのは気のせいなんだろうか……？

「よーし！　じゃ、しっかりやんなさい」

じゅん先生にバシッと肩《かた》を叩かれ、力強く激励されてしまった。

大野さんもニコニコと頷いている。

この状況下で、ぼくに嫌《いや》だという選択権《せんたくけん》があるはずは……ない。

さんざん文面を読み返して「欲しい、これちょうだいよー」とカワイく甘《あま》えるじゅん先生から、このあとぼくは、なんとか手紙だけは取り返したのだ。

◇

待ち合わせの公園に着いたときは、もう半分やけくそだった。

男同士の恋愛は、ぼくには難解すぎる。四苦八苦して考えた『男×男《ボーイズ》』もののプロットはボツになり、いつまでも真っ白なワープロの画面に押《お》されるように、とうとう今日「指定の場所」にやってきてしまった。

さて、問題は彼氏だ。

差出人の名前は『松村直樹《まつむらなおき》』、一学年下の経済学部でポエマー、と、データはそれだけ。

もう、こうなったら、頼《たの》むぞ松村〜！　って感じかなぁー……。ふっふっふっ、と口が妙《みょう》な形に歪《ゆが》む。寝《ね》不足もあって、ちょっと人生に疲《つか》れた顔をしていたかもしれない。

きっと頭には『プロだろ！』っていうトゲトゲの吹《ふ》きだしが突《つ》き刺さってて、脳ミソちょっとこぼれていたのに違《ちが》いない。

そんなぼくの心境とは裏腹に、今日は悔《くや》しいくらいに天気がいい。

晴れ渡った青空に、薄く筆でこすったような綿雲がゆっくり流れていく。ときどき吹き抜《ぬ》けていく風が気持ちよくて、落ち込んでいる今でさえ爽《さわ》やかな気分にさせてくれた。

公園内の芝生《しばふ》には、チラホラとサラリーマンや学生がたむろしている。

すでに指定された時間から五分ほど遅《おく》れているのに、ぼくは心地よい風を深呼吸しながら、わざとのんびり歩いていた。

築山の向こうに待ち合わせ場所の噴水《ふんすい》が見えてくる。人気《ひとけ》のないベンチにひとり、白いTシャツの男が座っているのが見えた。

〝やっぱ、いたか…〟

いなきゃいないで、ちっともかまわなかったのに……。

心の中で舌打ちして、のろのろとベンチに足を向ける。断る文句はいろいろ考えてきたが、男相手にそんな話をすることさえ気が重い。

そのとき、足を組んで雑誌を読んでいた男がチラッと顔を上げた。

「えっ⁉」

思わず目を瞠《みは》ってしまい、同時にぼくの足はベンチの彼《かれ》に向かって全力で走り出していた。

「よう、元気だったか？」

息を弾《はず》ませて目の前に立ったぼくに、彼は懐《なつ》かしそうに目を細めて笑う。ついつられてしまいそうな、いい笑顔だ。

「はいっ、あの……っ、ずっと捜《さが》してました……」

乱れる呼吸を整えながら、急に胸の中に熱いものが溢《あふ》れていっぱいになった。

やっと、コンビニ強盗《ごうとう》から助けてくれた〝彼〟に会えたのだ！　感動の再会なのだ。がっ！　同時に『きみを一目見て好きになりました』で始まる手紙の文面が、頭の中をぐるぐる回っている。

「まあ座れよ」

彼はベンチの隣《となり》を親指で指す。その左手の真っ白な包帯を見て、あのとき自分の掌《てのひら》にべったり付いた彼の血を思い出した。

「あ、あのっ、ケガは治りましたか⁉」

血痕《けっこん》から考えて、かなりの出血で深く裂《さ》けていたはずだ。

ぼくに振《ふ》り下ろされたナイフの刃《は》を、彼は掴《つか》んで壁《かべ》に叩きつけた。悪くすれば指が落ちていただろう。いま、ぼくの顔か胸に穴が空いていないのは、まさしく彼のおかげだった。

「ああこれ、十二針も縫《ぬ》ってくれたよ。もう抜糸《ばっし》は終わってリハビリしてる」

そう言って包帯をほどいて見せてくれた。

大きい掌に斜《なな》めに傷が走っている。治りかけの傷口は肉が盛り上がっていて、いかにも皮膚《ひふ》を縫いましたという傷痕《きずあと》は、まだ赤くて痛々しかった。

「…すいません」

「いいって、気にするな」

彼は軽く掌を振って見せた。

「おまえも〝可愛《かわい》い〟顔が無事でよかったじゃないか」

「はっ？」

〝ああっ、あのときそう言ったのか…〟

心に引《ひ》っ掛《か》かっていた疑問がひとつ解けた。

でも、可愛いって……なにかな？？？

「えっと、助けていただいたお礼がしたいんですけど。聞きたいことも、たくさんあって…

…」

「うん？　いいよ」

きげんのいい彼の返事に、暑くないのにどっと汗が出てくる。

「あの、これのことですけど、えー松村…さん」

ぼくが手紙を取り出すと、彼の表情がちょっと変わった。

「この手紙は…、一応お返しします」

ひとつ年下だと知りながらも、つい敬語を使ってしまう。彼には〝松村〟とか〝松村くん〟

と気軽に呼べない迫力《はくりょく》があるのだ。

彼は複雑な顔で手紙を受け取ると、前髪《まえがみ》をかき上げて手紙を読み返している。深刻そうに唇を結んだ顔は〝何がまずかったんだろう…？〟と悩《なや》んでいるように見えた。

「つき合うのは、ちょっとあの…アレですけど、聞きたいことはあるので。あ、もちろん……お礼は、ちゃんと別にしますから！」

話すたびに〝だーっ〟と汗《あせ》が出てきて、ぼくは何度も額を拭《ぬぐ》った。ぜんぜん知らない奴《やつ》だったら、冷静にホモの心情を聞いて「ごめんよ」で帰ってくるつもりだったのに……。

「ひかる」

「は、はいっ」

いきなり呼び捨てにされて顔を上げると、彼が真顔で見つめていた。

「これ、読み返してないよな？」

彼の頬《ほお》に微《かす》かに赤味がさす。

「？」

「うん…こりゃ、ひでーよサイテーだ」

納得したように頷《うなず》きながら、彼はジーンズの尻《しり》ポケットに自分の手紙をねじ込んだ。

掌で口を押さえてぼくから瞳《め》を逸《そ》らすと、彼はそのままうつむいてしまった。

「あの、松村さん……」

心配になって声をかけても、彼は顔を押さえたまま首を振る。背中が小刻みに震《ふる》えていた。

〝これは…ショックだったんだろうか？〟

屈《かが》んで彼の顔をのぞき込《こ》むと、きつく唇《くちびる》を結んで、目頭にはうっすらと涙《なみだ》が溜《た》まっていた。

〝えっ⁉　もしかして、泣いてるのか…？〟

急に胸がズキンと痛んだ。彼の震える唇から苦しそうな声が漏《も》れる。

「……く…くくっ…く……うぅっ」

絞《しぼ》り出すような声で、彼は泣いている……る、る？　るっ？？？

突然《とつぜん》ぶわーっと吹き出すと、彼はその場で腹を抱《かか》えて笑い転げてしまった。

〝何故《なにゆえ》ー？〟

しばらくぼくは、彼の横であっけに取られていた。

涙を流して噎《む》せながら自分の膝《ひざ》をパンパン叩《たた》き、彼は笑いすぎて痙攣《けいれん》している。こんなに全開で他人に笑われたのは、初めてかも……。

〝あのなあ、そのひどい手紙を書いたのはテメーなんだぞ……っ！〟

内心苛立《いらだ》って拳《こぶし》を握《にぎ》りしめながらも、ぼくはすぐにその場を立ち去ることができなかった。

だって、こいつは仮にも命の恩人なんだ。お礼とか治療費《ちりょう》の負担くらいはしなければ気が済まない。

それに、『おしゃれな奥《おく》さん』のことだって聞きたいじゃないかっ！　どんな武道を習ってて、ああいう無謀《むぼう》なことをするのかも聞いてみたい。

こいつは最初から不思議なことだらけなのだ。いま笑っている理由もわからない。自分の手紙を改めて読んで、あまりのバカさにウケているのか？

それとも、ぼくは自分で気づかずに、よっぽど変なこと言っちゃったとか…？

「おいっ、松村いい加減にしろよっ」

ずっと笑い続ける彼に、こっちが先に開き直った。

彼はちらっと顔を上げて、また吹き出しそうになりながら、トントンと自分の胸を叩く。

「いやー、こりゃあ、しつれーしました！」

自分の両膝を摑んで『えいっ』と思いっきり頭を下げる。

——あきれた……。

けど、顔を上げた彼がくすくす笑っていて、ついつられて失笑してしまう。まあ好奇心《こうきしん》を刺《し》激《げき》する『変な奴』だったから、ずっと興味はあったのかもしれない。でも…。

「じゃあ手紙は返したし今日は帰るよ。お礼だけはしたいから…ゼミかサークル教えてくれたら行くよ」

このまま笑い上戸の男と一緒にいても取材にならない、出直さないと時間のムダだ。

「待て待て待てっ！」

あわてて笑いを収めると、松村は立ち上がりかけたぼくの腕《うで》を摑んでベンチに引き戻《もど》した。

「悪かったよ、コーヒー飲みに行こうぜ」

――なっ、と首をかしげて笑う彼に、ぼくはしかたなく頷いた。

近くの茶店で熱いコーヒーを一気に飲み干すと、彼は気持ちよさそうに息をついた。

「さあっ、なんでも質問してくれ」

ボックス席の向かいに座る彼は、親指で自分を指さしている。

「質問ていうか…」

あんまり堂々としていて、こっちがちょっとひるんでしまう。

「じゃ、おまえ男と付き合う気があるのか？」

顎《あご》を反らして目線で見下ろす。そのふてぶてしい彼の態度に、ちょっとムッとくる。

「悪いけどそれは断る。…けど、少し聞きたいんだけど……」

「どうぞ」

イスの背もたれに両肘《りょうひじ》上げて、命の恩人とはいえ、ずいぶん失礼な態度じゃないのか？

「どういう心情で、ぼくにそういう手紙を書いたか聞かせて欲しいんだけど」

そっけなく聞こえないように、気をつけて尋《たず》ねる。

とにかく、それがいちばん聞きたい。今日はそのために取材に来たんだから…。

松村は〝う〜ん〟と顎に手を持っていって、ぼくの顔をじ〜っと眺《なが》める。

「…そうだなぁ、ひとことで言っちまえば女を食い飽《あ》きたって感じかなー。おまえって可愛い顔してるし。まっ、たぶん女ほど簡単に落ちるとは思ってないさ」

「なんだとぉーっ!?」

——こいつっ、はてしなくエラそうだ！

「ちょっと待てよっ。じゃあ、おまえは男も女も好きなのか？」

あからさまな好奇心が出た。そうか、これが両刀《バイ》ってやつなのか…——。

「いや、おまえが好きなんだ」

彼はテーブルに片肘ついたまま、手首を振ってぼくの顔に人さし指を向ける。

「ぁあ〜っ？」

腕にうっすらと鳥肌《とりはだ》が立ち、うんざりしたような声が漏れてしまった。

男に面と向かってこんなこと言われてみろって！　いくらハンサムだろうが美少年だろうが、『ポッ』とか『ドキドキ』なんてなんねーよ。

「いやぁ、おまえって面白《おもしろ》いなあ」

「はい〜？　なに、じゃあホモでないなら、ぼくとつき合ってどうするつもりだったんだ？」

腕を組みながら、彼はまた〝う〜ん〟と考え込んでいる。

——こいつっ、呼び出したんだから先に考えておけってんだ！

「ナニすんだろうな？」

首をかしげて「ははは っ」と気楽に笑う。

「松村、おまえさぁ……」

ぼくはガックリと消耗《しょうもう》してしまった。ぜんっぜんダメだ。これじゃ取材になんねーよー。

放って帰るしかないと思った矢先、

「な、ひかる」

年下のくせに平気で呼び捨てにする男に、ぼくはこめかみを押《お》さえながら顔を上げた。

「おまえ、物書きなんだろ？」

テーブルに身を乗り出した彼に見つめられ、ぼくの頭は一瞬《いっしゅん》、真っ白になった。

「えっ!?」

一拍《いっぱく》置いて聞き返す。

「なに書いてんのおまえ」

——え・え・ えええ〜〜〜っ!?

心臓がバクバクと走りだし、逆に頭からは血の気が引いていく。

「なんで!? なんでそんなこと……？」

急に喉《のど》の渇《かわ》きに襲《おそ》われた。

彼にじっと見つめられると、射すくめられたように身体《からだ》がカチーンと硬直《こうちょく》する。

「だって…」

ぼくが小説を書いていることは、仕事の関係者しか知らないはずだ。周りに知られるのが嫌《いや》だから、誰《だれ》にもひとことも話していないんだ。それこそ、後輩《こうはい》のこいつが知ってるなんて絶対ありえない！

動揺《どうよう》するぼくに、彼は口の端《はし》をニッと持ち上げる。

「なぜだと思う？」

ぼくに視線を据《す》えたまま立ち上がった彼に、黙《だま》って首を振《ふ》るしかなかった。

「おれの部屋にくるか？　おまえの疑問に応《こた》えてやるぞ」

「…松村…」

——べつに、どっちでもいいんだぜ。

背を向けるまえに、チラッと見下ろした視線がそう言っていた。

さっさと歩く松村について行くだけで息切れがする。

十五分ほど歩いただろうか、大通りから離《はな》れた閑静《かんせい》な通りに、かなりグレードの高そうなマンションがあった。

彼が入口で暗証番号を押すと、正面の自動ドアが左右に開く。

「ちょっ、待て…っ」

こっちを振り返りもせず、彼は広いロビーを突《つ》っ切って階段に向かった。ジーンズのポケットに手を入れたまま、軽い足取りで上っていく。すぐ横にエレベーターがあるのにだっ。

――それでもっ、いくらナンでも九階だとは思わなかった！

上りきってゼイゼイしているぼくに、「体力不足」とひと言《こと》言い捨てて、彼は通路のいちばん奥《おく》に歩いて行く。

閉じかけた部屋のドアに飛び込んだとき、もうパーカーは汗《あせ》でびっしょりになっていた。

「ああ、この部屋な」

御《み》影石《かげいし》の玄関《げんかん》でナイキを脱《ぬ》ぎ捨てて、彼は広いホールのすぐ右にある黒いドアを指さした。

「『開かずの間』だ、のぞくと恐《こわ》いぞ」

――あ、怪《あや》しすぎる……！

なんの変哲《へんてつ》もないドアを見つめて、ぼくは胸を押さえて肩《かた》で息をしていた。

何も言われなければ興味もなく通り過ぎたのに、意味深な口調が気になって、つい中に何があるのか想像してしまう。

「こっちだ」

呼ばれて居間に入ると、急に身体がヒンヤリと冷たくなった。

――悪寒か!?　と思ったら、どうやらかけっぱなしのエアコンらしい。おかげで、汗ばんだ身体からスーッと気持ちよく熱が引いていった。

「ホントに、ここに住んでるのか？」

思った以上に広い部屋を見回して、ぼくは独り言のように呟《つぶや》いた。

「ああ、ひとり暮らしだ」

「それにしても、広い部屋だなあ…」

「そっか～？」

向こうから松村の気のない返事が返ってくる。

玄関ホールのドアを抜《ぬ》けると廊下《ろうか》はなくて、だだっぴろい居間だった。この居間だけで、ぼくの部屋が三つくらいは入りそうだ。

それだけでも圧倒《あっとう》されるのに、まだ右の壁面《へきめん》にはドアがふたつある。さっきの『開かずの間』を入れて、ここは三つの個室があるようだ。ドアの配置を考えると、個室もかなりの広さだと思う。

「…この部屋って最上階だろ？　すごく高そうだけど、親に買ってもらったわけ…？」

「べつに、そういうわけじゃない」

松村は曖昧《あいまい》に肩をすくめて笑った。

都心で、しかもこの間取りや素材のクオリティの高さを考えると頭がクラクラする金額だろう。

部屋にはぜんぜん生活感がなくて、どうにも疑問がわいてくる。床には落ち着いたジェイドグリーン系の絨毯《じゅうたん》が敷《し》きつめられている。壁面の凝《こ》ったオーディオセットとテレビ、五人は座れそうな大型の長椅子《ソファ》以外、あまり家具がないところも、高級モデルルームって印象だった。だいいち、まだ昼過ぎなのに南側の窓は全部黒いブラインドで遮光《しゃこう》している。部屋の照明は明るいのだが、防音もしてあるらしくて、やけに静かだった。

外は真夏で、さっきまでギラギラした太陽が照りつけていたのも信じられなくなる。外部と遮断されたようなこの部屋は、季節や時間の感覚すら、なくなりそうだ。

「知りたいことは？」

彼《かれ》はソファにゆったり足を組んで、ぼくを振り返る。

「座れよ」

背もたれに肘《ひじ》を乗せて、彼が軽く手招いた。そう言われても落ち着かなくて、隣《となり》に座ろうという気にはなれない。

「質問はないのか？」

言いながら、彼はチラと玄関の方に目をやった。

──用がなければ帰れ、と言いたいらしい。たしかにお付き合いは断ったけど、この態度はあんまり冷たいんじゃないのか？　仮にも手紙までくれたのに……。

「あの、じゃ『開かずの間』ってなに？」

黙っているとそっけない態度をとられてしまうので、あわてて聞いてみる。

ぼくが玄関の方を指さすと、彼は〝ああ〟と頷《うなず》いた。

「知りたいか?」

「ぜひ」

「いいけどな……あそこはおまえの常識が通用しない場所かもしれないぞ」

立ったままのぼくを見上げて彼はニッと笑った。本気なのか、ふざけているのか、わからない表情だ。どんな意味で言っているかも、わからない。

ゲイの部屋の『開かずの間』……。ちょっとヘビーだ、仕事がらいろいろ考えてしまう。

その一　女装用の下着、服などが揃《そろ》えてある。(ちょっと嫌かも……)

その二　SM器具などがあるプレイルーム。(見たい気もする……)

その三　マニアックなコレクションがぎっしり。

その四　男を監禁《かんきん》している。

その五　男の死体を隠《かく》している。

その六　……想像不可能。

まあ、まさかこの状況《じょうきょう》でUFOや宇宙人に飛躍《ひやく》できないだろう。

あのドアが異世界につながっていて、松村がその世界の戦士でってファンタジーに突入《とつにゅう》するのも無理がある。（なんたってゲイだしなー）

◇

「部屋が見たいなら、まず、ここからだな」

部屋の前で、彼はスルスルと左手の包帯を解きだした。

「先にこいつの礼をしてもらおうか」

ぼくの目の前にナイフの傷を突きつけて、彼はゆっくりとドアを開いた。

「だあああー…………っ！」

一歩部屋に入ったとたん、絶叫《ぜっきょう》してしまった。

すぐに回れ右したぼくの身体を、固い腕《うで》がガッシと摑《つか》む。

「なんで逃《に》げるんだ、変なやつだな」

「だだだってっ、ここ寝室《しんしつ》じゃないか!!」

薄暗《うすぐら》い部屋にでかいベッドがひとつ置いてある。それだけで充分《じゅうぶん》コワイ！

「おれだって寝《ね》る、寝室くらいあるさ」

もう片方の手が軽くドアを閉じると、目の前が暗くなった。

「や、そうなんだけど、うわー松村っ、ちょっと待てえーっ!!」

彼の腕のひと振りでブンと空中に投げられ、ベッドのスプリングで大きく弾《はず》んで仰向《あおむ》けに転がった。

〝あーっ、これはまずいっ!!〟

あわてて上半身を起こすと、大きな掌《てのひら》に顔を鷲掴《わしづか》みにされて、ぼくは頭からベッドに押《お》さえ込《こ》まれた。

「やめ、やめろっ!」

「おまえ、さー……」

いかにもあきれたという声で、彼はふ〜っと息を吐《は》く。

「すっかり忘れてるようだが、おれは、おまえが〝好き〟なんだぜ」

笑いを含《ふく》んだ声で囁《ささや》くと、彼の身体がゆっくり伸《の》しかかってくる。

——しまったっ、完璧《かんぺき》に忘れていた!

「そ、それっ、さっき断ったじゃないか!」

「おまえ、なー」

両手首を掴まれて力を入れてもビクともしない。

「好きだって言ってる男の部屋に、自分から入ってきたんだぞ。どうなるかくらい、わかってるだろ?」

諭《さと》すように言われてしまった。

彼はぼくの両側に肘を付いている。少し目が慣れてくると、余裕《よゆう》の表情で見下ろしているのが見えた。この男も得体《えたい》が知れないが、真っ昼間から厚いカーテンを引いた部屋も、どこかふつうじゃない。

「お茶飲んで楽しくお話するとでも思ったのか？　少しは考えろよ、物書きだろ？」

「ごめん、そんなつもりはないっ、ぜんっぜんないんだよ……！」

ジタバタするぼくの上で、彼は〝ふーん〟とバカにしたように顎《あご》を反らした。

「じゃあ礼はどうした？　命がなくなることを思えば安い礼だぞ」

顎の下に唇《くちびる》を押し当てられて、身体《からだ》中がゾクリと総毛立った。

「待て待て！　ちょっと待てーって！　ごめん松村、悪かったーっ！」

ぼくは思い切り大声をあげていた。好奇心《こうきしん》が先立って、こいつがホモだって肝心《かんじん》なことを忘れるなんて、不覚どころの騒《さわ》ぎじゃない。

――いくら取材を兼《か》ねてといっても、ホンモノになる気はないっ！　天が許しても両親が許さん!!　男はダメなんだ！　ぼくの中では御法度《ごはっと》なんだ！　治外法権で鎖国《さこく》なんだあ～っ!!

「ごめんっ、礼は他《ほか》の物でするっ」

「いいよ、おまえで」

――ああっ、取り合ってくれないィ～っ！

そのあいだにもパーカーがめくり上げられ、彼の指が胸をまさぐってくる。直接肌《はだ》を這《は》う指の感触《かんしょく》に悪寒が走って、マジに気が狂《くる》いそうになった。

「いやだ、怒《おこ》るぞっ、ホントにダメなんだッ！」

顎をのけ反らせて必死に声を絞《しぼ》り出す。

「怒れよ、自分が招いた結果だ」

身体の上の笑いを含んだ声に、ぼくは絶望的な気分に陥《おちい》った。

両手首を頭の上でまとめて押さえ込まれ、骨が軋《きし》みそうなほどきつく締《し》め上げられている。

「ああ汗《あせ》かいてるし、汚《きたな》いよ…やめよ」

「味がついてるほうが好きなんだ」

ぺろっと舌を出した彼の言葉の意味に、狂いそうになった。

——絶対いやだ！　もうこの場を逃《のが》れるためならなんでもする！

「松村、頼《たの》む落ち着け！　話、話しよ…」

「あとでな」

「聞けーっ、聞けって松村！　おまえとつき合うっ！　ちゃんとつき合うからっ!!」

「そりゃ、ありがとよ」

「だだだっ、だから…」

首筋をきつく吸ってジーンズのファスナーに指を掛《か》けた彼に、ぼくはこれ以上ない——！

ってくらい真剣《しんけん》に言ったのだ。

「最初はっ、とっ、友達から…っ!!」

長い長い沈黙《ちんもく》の中、見開いた瞳《ひとみ》の中に互《たが》いの顔を映して、ぼくらは真剣に見つめ合っていた。

「ともだち……?」

「そうだっ!」

目を瞬《しばた》いた彼の頬《ほお》がみるみる赤く染まり、ムの字になった唇の端《はし》からプッと息が抜《ぬ》けた。

くくっと声を漏《も》らしてから、松村は再び〝ぶーっ〟と吹《ふ》き出した。

「あ、おまえ…ってっ」

両の拳《こぶし》でベッドをバンバン叩《たた》いて笑っている。

「おい……、松村……」

「……好きだぜ、おまえ……、すっげー気に入った………サイコーだぞっ!」

ぼくの身体の上で笑いながらそう言う。その彼の肩越《かたご》しから見える天井《てんじょう》が、だんだんじわ～っと滲《にじ》んできた。

――愛の告白が、それか………?

ゲイってのは、こんなものなのか? 好きな相手に、こんなに酷《ひど》い扱《あつか》いをするものなのか?

いちど頬を伝ってしまった涙《なみだ》は、もう止まらない。ぼろぼろぼろぼろ勝手に出てくる。

「これじゃあ情けなさすぎる……」

自嘲《じちよう》の呟《つぶや》きが口から漏れた。完全な自己嫌悪《けんお》だ。

この上こいつに犯《おか》されたら、悲惨《ひさん》というよりただの笑い話だろう……？

「お、おい！」

やっと気がついて、彼はあわてて身体をずらす。

「ごめんな」

耳元で声がしても、ぼくはそのまま天井を見つめ続けていた。

「わ、悪かったよ、おい冗談《じようだん》だよ。な、ごめん。おまえ物書きだから、取材だと割り切って最後までつき合うかと思ってさ。すまん！　許してくれ」

謝りながら、心配そうな顔がのぞき込む。

「松村の…ばっかやろ…」

——謝るくらいなら、最初っからそんなことするなっ！

いまごろ全身がガクガク震《ふる》えてくる。奴《やつ》の胸ぐらを掴んで怒鳴《どな》ろうとして、逆に声を上げて泣きわめいてしまった。

「くそおっ、男に泣かされてんなよ、バカッ！」

自分に対して怒鳴ってしまう。もう感情が乱れて、どうしていいのかわからない。

「よしよし、よーしっ、落ち着け。落ち着けよ。いい子だな」

松村はぼくの背中をはたいたり、頭を撫《な》でたりしている。興奮するペットをなだめるような仕草だ。こんなひどい奴に慰《なぐさ》められてる自分が、あまりに情けない。胸に抱《だ》きかかえられて泣いてるなんて、最低だ……。

「ごめんな」

Tシャツの胸から直接まじめな声が響《ひび》いてきた。

「特別に、おれの正体を教えてやるからさ」

ようやく落ち着いてきたぼくの頭に手を置いて、彼はけっこうマジな表情でそう言った。

「正体…ってなんなんだよ…?」

ぐすんと鼻をすすり、ぼくは目を擦《こす》って彼を睨《にら》んだ。

「何を見ても聞いても驚《おどろ》くなよ」

「…うん」

少し屈《かが》んで彼は目を細めて呟く。ぼくのきげんを取っているのはわかっていても、悔《くや》しいくらい、いい笑顔だった。

どうしても知りたくて、ぼくは素直に頷《うなず》いていた。

だって、この男は最初から正体不明だ。もちろん大学構内で見かけたことは一度もない。サイバノイドかエイリアンか、それともただのケンカの得意な無鉄砲《むてっぽう》な奴なのか? 物書きの習性でいろいろ考えてしまう。ここまでされたんだ。どうしても確かめないと気が済まない。

連れていかれたのは、さっきのひとつ目の部屋『開かずの間』だ。

ドアの前で立ち止まると、松村は後ろからぼくの肩にそっと手を掛けた。

「いいか、おれがついてるから怖《こわ》がるなよ」

「え？」

素早《すばや》く引き込まれ、背後でパタンとドアが閉じる。

この部屋は本当に真っ暗だ。息苦しいほどの闇《やみ》に不安になった。『開かずの間』という先入観からか、二度と外に出られないんじゃ……？　という恐怖《きょうふ》が頭をもたげてくる。

後ろにいるこの男も、はたして、まともな人間なのだろうかと心配になってきた。

暗闇でスイッチの音がして、右の壁《かべ》がポウッと明るくなった。黄色い光の中に白い木枠《きわく》の窓が浮《う》き上がる。

でも、問題はその向こうだ。

窓の外には荒涼《こうりょう》とした赤い大地。見たこともない、この不思議な風景は……どこか別の世界なのか？

焼けたような赤い山々、ラベンダー色の空。散在する奇妙《きみょう》な色彩《しきさい》の植物群。遥《はる》か遠くの山裾《やますそ》には銀色の半球体ドームが輝《かがや》いている。

「こっちはどうだ？」

再びスイッチの音がして左側の壁が浮き上がった。ぼんやり首を回したとたん、

「はっ！」

思わず息を呑《の》んでしまった！

約二メーター四方もあるぶ厚いガラスの向こうから、巨大な海棲《かいせい》生物の顔がこちらをのぞき込んでいる。これは恐竜《きょうりゅう》なのか…。サッカーボール大の真っ赤な双眸《そうぼう》。人間なんてひと呑みにしそうな口に、鋭《するど》い禍々《まがまが》しい牙《きば》が生えている。

——この水槽《すいそう》は、深海への入口……!?

ふいに頭上から、コーン、コオォ～ンという水中を響きわたる不思議な音が聞こえた。水滴《すいてき》が滴《したた》り落ちて、巨大な洞窟《どうくつ》にこだまするような、そんな深い響きが暗い部屋を一杯《いっぱい》に満たしていた。

畏怖《いふ》の念と不気味な寂寥感《せきりょうかん》に胸を締めつけられ、現実感が薄《うす》れてくる。まるでこの部屋自体が深い海底にあるかのようだ。

「ここ…どこ？」

心細くなって、後ろで身体を支える彼《かれ》に尋《き》いてしまった。

そのとき、ガラス越しの巨大な水竜の口がゴボッと音を立てて泡《あわ》を噴《ふ》いた。反射的に逃《に》げ出

そうとしたぼくの身体を、彼の腕《うで》が押《お》しとどめる。

「よく見ろ、わかるから」

顔をガラスの方にねじられて、ぼくは何度も目を瞬《しばたた》いた。

部屋はかなり暗く、ライトを受けた水竜の顔だけが浮き上がっていた。

「あっ……？」

ずーっとそのままだ。さっきから、ぴくりとも動かない。

「あぁ、そうかっ！」

わかったとたん、ふ～っと身体の力が抜けてしまった。

「どうかな？」

「なかなか…」

いたずらっぽく囁《ささや》いた彼に、ぼくは安堵《あんど》まじりのため息を漏《も》らした。

スイッチの音がして、部屋がパアーッと明るくなった。ちょっとのあいだ眩《まぶ》しさに目が眩《くら》んだが、瞬《まばた》きしながらぼくは急いで部屋を見回した。

明るい照明の下で、さっきの異世界の風景と海底のパネルがよく見えた。

左右のスポットライトだけではわからなかったが、この部屋はかなりの広さだ。でかい製図台やパソコンデスクが余裕をもって配置され、パネル以外の壁面《へきめん》は収納式の書棚《しょだな》で、ぎっしりと厚い美術関係の本の背表紙が並んでいる。ぼくはおそるおそる『海底』に近づいてパネルをのぞき込《こ》んだ。

「すごい……」

素直な感動の呟きが漏れた。

パネル前面に十五センチくらいの厚さの水槽がはめ込んである。たぶん特注品だろう。コンプレッサーで底から気泡《きほう》が一定間隔《かんかく》で送られる仕組みだ。これが竜の口から気泡を噴いたように見せるのだ。暗闇ではライティングの効果で、より恐《おそ》ろしく生々しく感じられた。

でも間近で見ても、水槽越しにのぞく竜の口は顔半分で一メートル以上もある。うっかり手を出すと本当に食い千切られそうだった。

緻密《ちみつ》で生々しく、ずらりと並んだ鋭い牙のリアルさに圧倒《あっとう》されてしまう。こいつが効果音付きで浮き上がって見えるのだから、まったく大した演出だ。

もう一方の風景画もすごく精密にできている。窓を開けると、そのまま別の世界の大気が流れ込んできそうな気がする。その窓も描《か》き込まれたものだったけど……。

「すごいよホント、大したもんだ」

本当に感心しながら、ふと製図台の上の描きかけのイラストに目が止まった。

緑色に光る草原に、白い霞草《かすみそう》を抱えた少女の幻想的《げんそうてき》なロングショット。

〝この絵の感じって…どこかで………？〟

右下に見覚えのあるサインが入っている。

『S・KAZAMI』

「ええっ!?」

ぼくはびっくりして松村を振《ふ》り返った。

「風見……って？　もしかして風見《かざみ》慎一《しんいち》!?　あのイラストレーターのっ！　ほ…、本物っ!?」

指さしてしまったぼくに、彼はふふん、という顔で腕を組んで笑う。

「そ、そんな……」

自分でも信じられなくて、大きく首を振る。

「松村って…風見先生っ？　えええ……っ」

何度も念を押してしまい、そのたびに彼は〝うんうん〟と頷いた。

「本物の、風見慎一先生だなんて…」

そう呟いて、ぼくは一分くらい放心していたかもしれない。

『失礼なホモ』だとか『笑い上戸』ってのは、アッという間に頭から落っこちた。

人にない才能、一芸に秀《ひい》でている人間ってのは、ぼくの憧《あこが》れでもある。自分にない『才能』を持ってる人。それはスポーツでも音楽でも文章でも、なんでも尊敬に価する。

そして三年前に一冊目の画集を出したときから、風見慎一は、ぼくにとって最上級に位置していた。

「ずっと、ファンなんです……」

夢《ゆめ》のような気分だ。頭がパアーッと舞《ま》い上がって顔が火照《ほて》ってくる。

イラストレーターの風見慎一っていえば、絵画関係にうとい人でもたいがい知っているだろう。小説や雑誌のカバーやさし絵から、映画のイメージイラスト、ゲームのキャラクターデザイン。CM用アートポスター……。

マンガっぽいキャラクターから絵画まで、なんでもこなす天才だ。プロフィールが不明な画家だったけど、こんなに若かったなんて思わなかった。

「やっぱり天才って違《ちが》うんだなぁ」

勝手に興奮して独り言を呟いてしまう。

壁面の引出しの中に生《なま》の原画があるかと思うと、胸がドキドキしてくる始末だ。

たぶんいま、ぼくは耳まで真《ま》っ赤《か》になってるだろう。こんなに間近で彼の原画を見られるチャンスが巡《めぐ》ってくるなんて、一生に一度だけかもしれない。

「風見先生の絵が、ナマで見られるなんて……」

「おれの絵好きか？」

「はいっ!!」

即答《そくとう》したぼくに、松村は腕を組んだまま横を向いて小さく吹《ふ》き出した。

これでも〝サインください〟と言いたいのを必死に抑《おさ》えているのだ。ついさっきまで、あんなに嫌《いや》なヤツだと思っていたのに……。

いまのぼくは『風見慎一先生』を前にして、ものすごくアガっている。

「そうか、そんなに好きなら原画をやってもいいぞ」

「えっええええーっ、ホントですかーっ!!」

大声を上げてしまって、あわてて自分で口を押さえた。

うわーっ、鼻血出そうだ! だって限定版のレプリカでさえ一枚で七、八十万はする代物だ。

それでも、いつか手に入れたいと思っていたのに…原画っ!?

「おまえが、おれのモノになれば、な」

「はっ?」

一瞬《いっしゅん》目が点になる。

そうだった、またすっかり忘れてたけど、風見先生はゲイのお方(あぁ、立場が変わると、つい敬語に……)だったんだ。

「新作入れて全部やるぞ」

「えっ、全部…?」
・何より胸にグッとくるセリフだ。
「なっ?」

後ろから肩《かた》を抱《だ》かれて、〝当然いいだろう?〟って顔をされる。

たしかに条件は最高だ。代償《だいしょう》が問題なだけで、文句をつけようがない。

〝う〜ん、困ったぞ〟

ぼくなどの身体《からだ》で満足していただけるなら……というコワイ考えまで脳裏をよぎる。

でも、そこまで自分を捨てていいのだろうか？

真剣《しんけん》に悩《なや》みながらも、どうしても欲しい宝物には違いない……。新作入れて全部ってのはおいしい、おいしすぎる！

「さあ考えろ小説家っ。おれはいいスポンサーだろ？」

「はぁ」

彼は絶対に、ぼくが断るわけがないと思っている口調だ。

自分の描いた絵を全部他人にあげてしまっても、彼は困らないのだろうか？　これは自信も才能もある男の気まぐれなのか……？

でも、ぼくは『その後』の自分をどうしても想像もできない。男と経験してしまったら、ぼくの残りの一生はどうなってしまうんだろう？

自分を安売りのバーゲン品にしてもいいのか？　いや、ぜんぜん安売りじゃない、高い買い物だ。破格の高値で買っていただいてって、違うだろ〜……っ！　そんなことが頭の中をぐるぐる回っている。

「えーと…」

「…あの…やっぱりいいです。ぼく帰ります」

そう言ってしまってからも、すごく後悔《こうかい》している。

もしかしてこの決断は大バカなのかもしれない。でも、これは男としてというより、自分自身の最後のプライドってやつなのだ。

「本当にいいのか？」

目を見開いて心底意外な顔をした彼に、ぼくは黙《だま》って頷《うなず》いた。

たしかに悔《く》いは残るけど、しかたがない。未知の領域に転落しちゃうよりマシだ。

「聞きたいことがあったんだろ？」

「それも、もういいんです」

手で遮《さえぎ》って断ると、思った以上に落胆《らくたん》している自分に気がついた。

これ以上ここにいると決心が鈍《にぶ》る。うっかり前言をひるがえして恥《はじ》もかきたくない。

――彼と、出会わなかったと思えばいい……。

「おい、帰るのか？」

彼はドアに背をもたれて、ジーンズのポケットからさっきの手紙を取り出した。

「じゃ、これ」

「え…？　これは受け取れません」

差し出された手紙に首をかしげる。断られたラブレターを、相手に持っていて欲しいのだろうか……？

眉《まゆ》をしかめているぼくの手を取ると、松村はぼくの掌《てのひら》に手紙を乗せた。

「すまん、おれは松村くんじゃない」

「はぁ…？」

言ってる意味がわからない。

呆気《あっけ》に取られているぼくの両肩を、彼はパンパンと強く二回叩《たた》いた。

「表札にも出てたろ？　おれは風見慎一だ。大学生でもない二十五歳《さい》だ。いやっ、本当に悪かった！　久しぶりのオフで調子に乗っちまって。ホモでもないから安心してくれ」

「なに……！」

「その手紙に書いてある指定の噴水《ふんすい》な、反対側の時計台のある方だ。おまえ、手紙《これ》読み返してないだろう」

「え、え……!?」

目を限界まで見開いて、ぼくはぶっ倒《たお》れそうなくらい愕然《がくぜん》としていた。

公園で手紙を差し出したときの、どこか他人事《ひとごと》みたいな彼の言動が蘇《よみがえ》ってくる。

「松村じゃないって…？」

ぼくが場所を間違えてた？

だからあのとき、手紙読んで…、あんなに大笑いして……。騙《だま》して部屋まで連れてきたってのか……。

「…ふつう、そこまでするか……？」

独り言のような呟《つぶや》きがポトンとこぼれた。スーッと血の気が引いて頭が冷たくなった。

――誰《だれ》か、こいつをなんとかしてくれ……。この、あんまりな奴《やつ》を……。

「おい、おいっ泣くなよ」

すまなそうな声で彼がぼくの肩を揺《ゆ》すっていた。それさえも、どこか遠くで聞こえてくるようだ。

「……泣いてない」

下を向いたまま大きく息を吐《は》き出して、ぼくは首を振《ふ》った。

涙《なみだ》なんか出ない。こうも簡単に騙される自分に、ただ呆然《ぼうぜん》としているだけだ。

『ひかるは世間知らずだから、騙されやすいわよ』

じゅん先生にも、そう言われていたのに……。

「ホント、だ」

ため息もでなくて、ぼくはじゃまな彼を押《お》し退《の》けてアトリエのドアを開けた。

「なあおい、ちょっと待てよ」

あわてて回り込んできて、彼は玄関《げんかん》先でぼくを押し止《とど》めた。

「怒《おこ》ってるよな？」

「たぶん……」

こいつが風見慎一じゃなかったら、思いっきりぶん殴《なぐ》って帰るところだ。

カーッとした怒《いか》りが湧《わ》いてこないのは、ひどい自己嫌悪《けんお》のせいだろう。

「おれを殴ってもいいから、きげん直せよ」

「できませんよ、風見先生を」

玄関ドアを開こうとした腕《うで》を軽く摑《つか》まれ、ぼくは払《はら》いのけていた。

いまさら、ぼくなんかのきげんを取ってどうすんだよ——!?

どうせこいつ、自分の後味が悪いだけなんだろう……。

「絵ならやるよ、悪かった許してくれ」

「いりません」

冷たく見上げたぼくに、彼は額を押さえて〝ふ〜っ〟とため息をついた。

「じゃ、しかたがないな」

目の前で身を屈《かが》めると、彼はヒョイとぼくを肩に担《かつ》ぎ上げた。

「何すんですかっ！」

両足をガッチリ固められたまま、再びぼくは居間に運ばれてしまった。

「ホントに怒りますよ！」

「もう怒ってるじゃないか」

開き直った彼の口調がふてくされている。

ぼくを担いだまま、彼は居間のコードレスフォンを取り上げた。短縮ダイヤルをコールして「おれ」とひとこと言ってからぼくに差し出す。

「誰なんですか？」

文句を言いたいのをこらえて小声で聞いても、彼は〝出ろ〟と顎《あご》を振るだけだ。天才のすることは理解しがたい。

しかたなく、担がれたまま受話器を受け取った。

『……慎一、そこに誰かいるの？　ねえ、あたしいまメチャメチャ忙《いそが》しいのよ！』

大人《おとな》の女性の声に『彼女《かのじょ》か？』とも思ったけど、恋人同士の甘さが微塵《みじん》も感じられない。

『んもう、黙ってんじゃないわよ。もう切るぞ！』

このエラそうな口調は……？

「…じゅん先生？」

控《ひか》えめに尋《たず》ねると、一瞬、受話器の向こうが静かになった。

「じゅん先生ですよね？」

『えっ？　えぇえーっ、ひかる〜っ!?』

ふたりして大声を上げてしまって、なんだかどっと気が抜《ぬ》けた。

『で、慎一のとこでいま何してるの？』

「え…と、担がれちゃって……」

「たしかにな」

彼《かれ》もぼくを担いだまま、肩を揺すって笑っていた。

「じゅん先生っ、この男叱《しか》ってくださいーっ」

『よーしっ、すぐ慎一に代わんなさい。事情はわかんないけど、あたしが叱ってやるわ！』

じゅん先生の頼《たの》もしい一言で、彼らの関係の一端《いったん》が見えたような気がした。

◇

このあと、いちおうぼくらは和解した。

彼はいま向かいでコーヒーをいれている。さっきじゅん先生にガンガン叱られて反省したのか、平謝りに謝ったあと、「そういや、おれって命の恩人だったたな。だから許せよ」ってことになった。

なんというか、風見慎一の私生活は性格同様かなり変だ。こんな日照条件のいい部屋で、夏とはいえ窓閉めっぱなし、ブラインド下げっぱなし、エアコンはかけっぱなしだ。

食生活だって、カップ麵《めん》の買い置き一個あるわけじゃない。冷蔵庫にはビールとコーヒー豆しか入っていなかった。モテそうなのに、部屋には彼女どころか人が出入りしている気配すらない。

〝友達とか、こないのかな……？〟

才能あるし、面《めん》いいし、金あるし、エアコンかけっぱなしだし（貧乏人《びんぼうにん》のひがみ⁉︎）、前途《ぜんと》洋々だろうに…。

「ところで、おまえって目が悪いのか？　コンビニで会ったとき、やけに熱い視線で見つめるから、絶対おれに気があると思ったぞ」

「え⁉︎　あ〜と、すいません。ぼく考えごとしてると、ぼんやり人見ちゃうのクセなんです。あのときは、もうプロットのことで頭がいっぱいで…。でも、女の子と間違《まちが》えたわけじゃないですよね…？」

「ああ、骨格見りゃわかるし」

「よかった、女の子に見えたわけじゃないんだ」

ちょっとホッとした。しかし『男×男《ボーイズ》』の主人公にぴったりだと思って彼を観察していたなんて、口が裂《さ》けても言えない……。

「誘《さそ》ってるんじゃないなら、そのぼんやり人を見るクセはヤバイぞ。気をつけて直せよ」

「そ、そんな風に見えるんですか⁉︎　…すいません」

中指で彼に額をつんと押されて、ぼくは頬《ほお》が熱くなってしまった。

〝…もしかして、いままで男に声をかけられたのは、そのせい……っ〟

そう考えるとスーッと顔が青くなった。

誘ってるような顔って、いったいぼくは外でどんな顔してるんだ⁉

「おまえって面白《おもしろ》いよなぁ、見てて退屈《たいくつ》しないぜ」

目の前にカップが置かれて、のんびりした彼の声にぼくは顔を上げた。

「そういう風見先生も、ずいぶん変わってますよね」

「慎一でいいよ」

「え…と、慎一さん？」

ぼろっと言ってみると、慣れなくて妙《みょう》に気恥《きは》ずかしい。

「ばっかやろー、〝さん〟なんか付けるなっ」

赤くなった頬を押さえたぼくに、彼も焦《あせ》って訂正《ていせい》する。

「じゃあ…慎一…」

「うん、ひかる」

「はい」

答えてから、なんだかふたりして思いきり照れてしまった。意識して顔を逸《そ》らしてしまって、もじもじと落ち着かない気分になる。いけない！　これでは新婚さんのようだ……。

「ペンネーム教えろよ」

「秘密です！」

反射的に答えたぼくに、彼はちょっと不満そうな顔になった。

いまは知られたくない。だって男の分際《ぶんざい》で、ぼくはこれからボーイズものを書かなくちゃならないのだ。

「あっ！　おしゃれな奥《おく》さん」

「ん？」

強引に他《ほか》の質問に切り替《か》える。これもすごく聞きたかったことだ。コンビニ強盗の頭を殴《なぐ》った本。なぜ風見慎一、独身二十五歳が『おしゃれな奥さん』を買うのか？

「ああ、おれ前にデザインスタジオにいてさ」

彼はアッサリと話してくれた。

元同僚《どうりょう》のデザイナーが今回その本で三十ページほど担当していて、アラ探しをして笑っていたそうだ。聞いてみれば〝ふーん〟という話。

「慎一…って、すごく強いみたいですけど、何かやってました？　武道とか」

続けて質問してみる。

「ん〜デラウェアとか、巨峰《きよほう》かな」
・・・
「それはブドウでしょー！」

つい、ツッコミ漫才《まんざい》のノリになり、ふたりでどっと笑ってしまった。

「言いたくないんですか？」

「秘密があった方が、想像力を刺激《しげき》するだろ？」

さっきペンネームを教えなかったのを根に持っているらしい。

「じゃあ、ぼくが作家だってわかったのはいつ？」

「さっきの公園だよ」

彼は松村の手紙を取ると、ばらばらと便せんを抜いて三枚目の余白を指さした。

「あーっ!!」

「なっ」

慎一がにやにやしている。

そこにはピンクのマーカーペンで大きく、『取材の成果を報告してねーっ！　じゅん・T♥』

と書いてあった。じゅん先生のサインは特徴《とくちょう》があるから、知人なら一発でわかる。

「いつのまに、こんなことを……」

本当に困った人だ。しかもピンクで手紙の文面まで校正してあるし……。うっかり本物の松村に返していたら、えらいことになっていた。

「作家なら取材させてやろうと思ってさ」

ぐっと声を落として、慎一がぼくの肩《かた》に腕《うで》を回してくる。

「…もし、ぼくが抵抗《ていこう》しなかったら、どうするつもりだったんですか?」

肩を抱き寄《だ》せる彼に顔をしかめながら、さすがにもう怒《おこ》る気にはならない。

「それはそれ、人生経験ってヤツさ。おれ最初から、おまえの顔は気に入ってたし、性格はもっと好きだぞ」

「だって慎一、ホモじゃないんでしょう?」

「違うよ」

軽くウインクしてサラッと答える。この男の性格なら、絶対に嘘《うそ》発見器にも引っかからないに違いない。

「ふうん…ちょっと残念かなぁ」

ぼくは、しらじらしく言ってみた。

「なんだ、抱かれたかったのか」

「ほらーっ!」

キスしようとした慎一の顔を、ぼくは両手で押し戻《もど》した。

「あのねー、世間じゃそういうのホモって言うんです」

「違うって、おれを信用しろ」

——あったりまえだろ! って表情《かお》で自慢げに慎一が笑う。

「それ、たったいま騙《だま》した人の言葉ですか~」

あきれたぼくに、慎一は両手を開いて肩をすくめて見せた。でも次に笑った顔が何を考えているのか、じつはさっぱり読めない男でもある。

実力を伴《ともな》った自信家で底が知れなくて面白い。こういうタイプは初めてだ。

今回、取材はできなかったけど、捜《さが》していた恩人とは再会できたのだ。しかも彼は、ぼくの憧《あこが》れの天才イラストレーターだった。そのうえ名前を呼び捨てにしていいって許可までもらったんだから、すっごい幸運だったと思うことにしよう。


「やっほー、あたし来ちゃったよ〜」

アッという間に、忙《いそが》しいはずのじゅん先生がやってきた。

秘書風の白いブラウスに紺《こん》のタイトスカート。スリットが深くて目のやり場に困る。ドアを閉めて戻ってきた慎一は、彼女の後ろでバツが悪そうに頭を掻《か》いていた。

「あっ、じゅん先生…こ、こんにちは」

「いいのよ座ってて」

立ち上がりかけたぼくは、彼女に胸を押されて、すとんとソファに戻された。

そのまま前を歩いてぼくの横に座る。すぐに慎一が反対側に腰《こし》を下ろして、ぼくは真ん中に挟《はさ》まれてしまった。

「うふふ～…、どうして慎一の部屋に、ひかるがいるのかな～？」

「さっき、おれが捕獲《ほかく》したから」

頭上で交わされるじゅん先生と慎一の会話は、かなり危なく聞こえる。

「あたしが知らないうちに、仲良くなったのねえ」

「ああ、かなりな」

「そっ、そんなことありませんっ」

口を出しかけたぼくは、両側からふたりにニヤ～と微笑《ほほえ》まれた。なんだかすごい威圧感《いあつかん》だ。まるでライオンに挟まれてるような……心拍数《しんぱくすう》があがって、冷や汗がどーっと出てきた。

「…あのぅ、慎一とじゅん先生はどういう関係なんですか？」

いちおう慎一の方に聞いてみる。

ふたりが恋人《こいびと》同士と聞けば聞いたで、恐《こわ》いものがあるような……。

「おっやぁ～っ、慎一くん！　部屋に入れたのも驚《おどろ》きだけど、そのうえ名前まで呼ばせてるなんて、びっくりだわ～、よっぽど気に入ったのね」

じゅん先生は本気で驚いたらしく、まじまじと慎一を見つめる。

「ほっとけ」

「うーん、あたしが仕込んでから連れて来ようと思ったのになぁ」

「いい、おれが仕込むから」

頭の上で交わされてる会話にビビッて、なんだか自分が小さくなったような気さえする。

「おれとじゅんは幼なじみだ。家も近所だったし、腐《くさ》った縁《えん》てやつかな」

「くされ縁もそういうと汚《きたな》いわねぇ。まあ、あたしは慎一のお姉様みたいなもんよ」

いたずらっぽく笑ってる目が信用できない。

「じゅんはコワイだろ〜？」

そう言うと、慎一はぼくの頭をポンポンはたいて肩に腕を回してくる。

いいかげん、こういうことされても慣れてきた気がする………。

「あっ、ちょっとおーっ、あんたはそうやってベタベタ触《さわ》ってもいいわけーっ？」

「いいの！　おれ、こいつの命の恩人だし」

えっへん、と威張《いば》っている。

「命の恩人て…ちょっとなにっ⁉　ひょっとして、慎一がコンビニ強盗《ごうとう》の彼氏《かれし》だったの⁉」

「いえ…強盗から助けてもらったんです」

ぼくの訂正《ていせい》を彼女《かのじょ》は聞いていなかった。

「だってね、あたし慎一を紹介しようと思ってたのに、ひかるったら強盗の彼氏に夢中《むちゅう》でさ〜。彼に告白したいって、情熱的に捜し回ってたのよ！」

「…告白じゃなくて、お礼なんですけど…」

だんだん訂正する声が小さくなる。

「そうか、しばらくコンビニに行けなくて悪かったな」

「いえ、その」

慎一に嬉《うれ》しそうに耳元で囁《ささや》かれて、しどろもどろになってしまう。

「こらこら、ふたりだけで喋《しゃべ》ってないで、何があったのかちゃんと説明しなさいよっ」

話が見えないじゅん先生は不満そうに唇《くちびる》をとがらせた。

「なによっ、けっきょく強盗にちょっかい出したのは、あんたなんじゃない！　絵描《えか》きが手にケガしてんじゃないわよっ、右手だったらどうするつもりっ!!」

あらためて経緯《けいい》を聞いて、じゅん先生が怒り出す。彼の左手の包帯を見て、本気で心配しているようだ。

「もうっ、あんた怒られると思って、あたしに言わなかったわけね」

腕を組んでムッとするじゅん先生に、慎一は逆らわずに頷《うなず》いている。

「――ったく〜、絵描きとしての自覚がないんだからっ。ひかる、強盗に手を出した慎一が悪いんだから、恩なんか感じる必要ないからねっ」

「はぁ」

じゅん先生はそう言うけど、風見慎一の〝手〟にケガを負わせてしまったのは事実なのだ。

考え込んでしまったぼくの背中を、彼女は軽くぽんとはたいた。

「ん〜でも、ひかるがどうしても償《つぐな》いたいなら、身体《からだ》でご奉仕《ほうし》ってのもいいかもね」

「え～と…」

　じゅん先生は顔を寄せてにっこり笑う。

　どうやら落ち込みかけたぼくを、彼女なりに気遣《きづか》ってくれているらしい。

　話がぼくに向いたとたん、慎一はそそくさと立ち上がってコーヒーを入れにいってしまった。

　部屋にコーヒーの芳香《ほうこう》が満ちた頃には、ようやくじゅん先生のきげんは直ったようだ。

「ところでひかる、けっきょく取材できなかったんでしょ。原稿《げんこう》のほう大丈夫《だいじょうぶ》なの？」

「なんだよ、その原稿って？」

　彼女のためのカップをテーブルに置くと、慎一が首をかしげる。

「ああ、この子今度ボーイズもの書くのよ」

「じゅ、じゅん先生え～！」

　不意打ちで、じゅん先生にポロッと言われてしまって、ガーッと頭に血が上る。

「な～に恥《は》ずかしがってんのよ、ひかるぅ。そのための体当たり取材だったんでしょ？　慎一にじゃまされちゃったけどさ」

　――あああっ、慎一には絶対知られたくなかったのに……！

　どんな顔をしていいのかわからずに、ぼくは頭を抱《かか》えてしまった。たしかに仕事だ。仕事なんだから恥じちゃダメだ。そう思っても気持ちのうえでは、どうしても割り切れない！

「ばかっ、落ち込むな！　いいじゃねーか仕事なんだから」

慎一に思いっきりバシッと背中を叩《たた》かれた。

「開き直れ！　なんだって書け」

「そうよ、その通りっ！　だから慎一、あんたもあたしのカバー受けなさいよ」

「やだ！　おまえのえぐい」

即答《そくとう》してじゅん先生に責められながら、慎一は涼《すず》しい顔をしている。

「こいつのだったら描いてやるよ」

「あたしのも描きな」

じゅん先生ってば、風見慎一に命令口調だ……。

「げ〜っ、やだよ。おまえの、あのシーンばっかじゃないか！」

つーんとそっぽを向く慎一を、じゅん先生は乱暴にこづく。ぼくの頭の上で……。

「いーじゃん、あんた女の子が服着ててもヌードデッサンできるんだから。男のヌードだって同じでしょ」

「げろげろ」

べろーんと舌だしてるとこなんか、いい男だいなし。

ムキになっているじゅん先生も、他《ほか》のジャンルで頼《たの》めばいいのに、どうしても慎一に『男同士』を描かせたいらしい。レクリエーションで姉弟《きょうだい》ゲンカしてるんだろうけど、会話がエンドレステープのようだ。

「あ～ら、いまひかるに『仕事選ぶな』ってエラソウに言ったのは、どこのどなた⁉」

「おれは、大先生だからいいんだっ」

「なあんて勝手なヤツ！」

「おれは、勝手なおれが好きだ‼」

ふん、と胸を張る彼に、ぼくはこらえきれずに吹《ふ》き出してしまった。

――やっぱこの人おもしろい～、も－好きだなあ～！

「こういう奴《やつ》なのよ～」

彼女も〝しょうがないわね－・・・・〟って顔で、嬉しそうに苦笑している。

このあとじゅん先生は、ぼくのために男同士のノウハウを念入りに説明してくれた。

彼女の講義に、慎一とふたりで「おおっ！」と感心したり笑い転げたり……。

「あんた達に期待してるわよ」

「よし、任せろっ」

とかやりあってる彼らを見てると、なんだか自分の悩《なや》みがバカバカしく思えてきた。この風見慎一と対等（以上？）に口が利けるじゅん先生って、やっぱり大物なんだ。

◇◆◇

九月の半ば、ぼくは編集部に打ち合わせに来ていた。

八階の編集部のドアを入ると、担当の山本さんはちょうど電話中で、〝ごめん〟という仕草で、すまなそうにぼくに片手を立てて見せる。

「ひかるくん、先にちょっと話いいかな？」

「はい」

大野編集長が、奥のデスクで手を上げた。

「プロット読ませてもらったけど、おもしろそうじゃないか」

大野さんに笑顔で言われて、〝…どうも〟と答えながら顔が熱くなる。

仕事だからしょうがないけど、ノーマルな男同士でボーイズものの話をするのは、冷や汗ものだ。空いた横のデスクを借りて座っているので、つい手持ちぶさたに机上のペンなどを整理してしまう。

「ひかるくんには辛《つら》いところかもしれないけど、女性と感性が違《ちが》うから期待もしてるんだよ。

男同士って言っても、恋愛《れんあい》ものには変わりないからね」

「あの、少しSFっぽい要素を入れていいですか？」

「いいよ、異世界や近未来にならなければね」

「そうですか…そうですね」

ちょっと声が沈《しず》んだぼくに、大野さんがにっこり笑う。

彼もSFは好きだから話をすれば趣味は合うのだ。でも編集という立場になると、話は別なんだろう。大野さんもプロだから私情をはさまない。

「まだオフレコだけど、うちで来年の夏に少年誌を創刊する予定あるんだよ。そっちはなんでもOKだから、書きたい話をあっためといたら？」

「ホントですかーっ⁉」

「うん、だから、がんばってね」

「はいっ」

ぼくは、元気よく返事をしてしまった。一気に気分がパアーッと明るくなる。

「おやつ食べてってよ」

「ありがとうございます」

大野さんは事務の女の子に頼んでケーキを出してくれた。編集長にコーヒーまで入れてもらって恐縮《きょうしゅく》しながら、ケーキを目の前にして、ひとつの言葉が頭にスライドしてくる。

『アメとムチ……』

イチゴの載った甘そうなケーキを眺《なが》めつつ、ぼくはポリポリと鼻の頭を掻《か》いた。

——……ま、いいかっ。ムチばっかじゃ痛いもんな〜…。

どうせ『叱咤激励《しったげきれい》』だって似たような意味だし。編集者とはそんなモノなのだ、と単純に納得することにした。

「編集長、上の書籍課《しょせきか》から連絡入りましたよ」

電話を終えた山本さんが伝言しにきた。

「そう、ひかるくん、じゃあまた」

いつになくあわてて、大野さんはドアを出ていってしまった。

「大野さんに少年誌の件聞いたかな?」

「ええ、とっても楽しみです」

編集部の一角を仕切った応接室に移動して、担当の山本さんと打ち合わせを始める。

今年三十歳《さい》になる山本さんは小柄《こがら》な妻子持ちのおじさんで、大変礼儀《れいぎ》正しい常識人だ。大野さんより緊張《きんちょう》せずに、ふつうに話せる。

「僕《ぼく》も少年ものの方が、いまのより気が楽かな〜」

打ち合わせが終わって、山本さんがつい本音を漏《も》らす。

もともと釣り雑誌から、こっちに回ってきた人なので、ライトノベルズはともかく、『男×男《ボーイズ》』の企画が決まったときには、ふたりして頭を掻いてしまったのだ。

「仕事だからさ。ひかるくんには、がんばってもらいたいけどね」

「そうですね」

しっかり頷きながらも、目の前のボーイズものより、つい楽しいことを先に考えてしまう。

〝来年は、どんなストーリーを書こうかな〟

キャラやイメージが、どんどん膨《ふく》らんできてひとりでワクワクする。

頭の中でストーリーを組み立てる作業は、限りなく妄想《もうそう》の域に近い。そうして、ぼくのキャラクターは必ず決まった絵で出てくる。そう、そう、ぼくの大好きなあの絵だ。

「そういえば、さっきの大野さん、ずいぶんあわててましたね」

「うん、今度うちで風見慎一の新しい画集を出すんだよ。それで、ちょうど風見先生が階上《うえ》の書籍課に来てるから、大野さん少年誌の表紙を依頼《いらい》するために、口説きに行ったんだ」

「慎一、いま来てるんですか？」

「え？　慎一って…、ひかるくん！　まさか風見先生と知り合いっ⁉」

「いえ知り合いっていうか…、そんなに親しくないですけど、アトリエで絵を見せてもらったことがあるくらいで」

「アトリエでっ⁉」

ふだんおとなしい山本さんが腰《こし》を浮《う》かして大声をあげ、ぼくは驚《おどろ》いて目を瞬《しばた》いてしまった。

「ほんとに彼のアトリエに入ったことあるのっ！　すごいなあ、風見先生、誰《だれ》も部屋に入れないって有名なんだよ！」

「えっ、そうなんですか？」

なんだか慎一のこととは思えなくて、こっちがびっくりしてしまう。

ここ数日、彼とは会ってないけど、いちど彼の留守電に「また遊びに行っていいですか？」とメッセージを入れておいたら、ぼくの留守電に「いつでもいいぞ」とひとこと入っていた。

「風見先生くらいになると、仕事選ぶしね～。気むずかしいとこあるから、じっさい、いまは雑誌や本の仕事は、彼ほとんどしてないんだよ」

「…そうなんだ」

興奮する山本さんに相づちを打ちながら、つい首をかしげてしまう。

だってぼくの場合は、最初がナンパだし、彼に騙《だま》されて部屋に連れ込まれたのだ。笑顔が人なつっこくて、おもしろがりな男かと思っていた。

「ひかるくん、すぐ書籍課に行こう！」

「えっ？　どうしてですか？」

「風見先生に口きいてほしいんだ。大野さん、彼が来たとき狙《ねら》ってアタックしに行ってるけど、去年から、ず～っとふられ続けてるんだよ」

「でも、そんなに親しいわけじゃ…」

「ともかく、行こう!!」

山本さんに腕《うで》を取られて、ぼくは強引にエレベーターに乗せられてしまった。

二階上の書籍課では、仕切の向こうの応接室に重い空気が流れていた。

「……そこをなんとか………、風見先生、お願いしますよ」

大野さんのまじめな声だけが、切れ切れに聞こえる。

そーっとのぞき込むと、慎一がソファに座ってむこうを向いている。相変わらずのジーンズに今日はバドワイザーのデニムシャツだった。

いつもは豪快《ごうかい》な大野さんも、微笑《ほほえ》みが強ばっていて辛そうに見えた。その大野さんの説得に腕を組んだまま、彼はほとんど喋《しゃべ》らない。

沈黙《ちんもく》する彼の背中は、なんだかぼくの知っている慎一じゃないみたいだ。

「編集長、すいません」

意を決して山本さんが入っていく。

気まずい雰囲気の中、山本さんの耳打ちに大野さんは渋《しぶ》い表情で耳を貸す。急に大野さんが、ぼくの方に顔を上げた。

「風見先生、彼も同席していいですか?」

こっちに手を振《ふ》った大野さんに、ぼくは仕切の手前でびびりまくった。知り合いになったからといっても、編集長が断られてるんだ。ぼくなんかが何か言って、どうにかなるわけないじゃないか～っ！

「風見先生、あの…、こんにちは」

後ろから、おそるおそる声を掛《か》ける。

肩《かた》ごしに振り返ってぼくを眺めると、彼《かれ》は勢いよくソファから立ち上がった。

「おまえっ、ひかる!? なんで、ここにいるんだっ」

「すいませんっ」

反射的に謝ってしまい、その場の全員が硬直《こうちょく》する。

「なんだおまえっ、少年誌の依頼っておまえの小説のさし絵なのか？」

「いえあの…」

ぼくは口ごもってしまい、向こうでは山本さんがハムスターのようにオロオロしている。

「じつは、そうなんですよ風見先生！」

とっさに大野さんが、たたみかけた。

「…なんだ、そうだったのか」

突然《とつぜん》ポンと頭に慎一の手が置かれて、ぐいぐい押さえつけられた。

「ばぁーか、それならそうと最初っから言えよ！　おまえの本だろ？　描《か》いてやるよ」

「ええーっ!?」

狐《きつね》につまれたようなアッケなさ……。

「ホントですかーっ?」

ぼくは山本さんと顔を見合わせて、慎一を拝むように手を組んでいた。

「風見先生に描いていただければ、絶対売れますよ！　じゃあ、彼の小説のイラストと創刊号の表紙、お願いできますね?」

大野さんは、さり気《げ》に依頼を増やしている。

「ああ、いいですよ。ひかるが書く本なら売れないと困るから」

さっきと打って変わって、慎一がきげんよく笑う。

大野さんは満面の笑みを浮かべ、山本さんは天高く舞《ま》い上がっている。

「あの～風見先生、いい店があるんですけど、これからどうですか?」

「いや、また今度」

接待したそうな大野さんの誘《さそ》いをあっさり辞退すると、彼はぼくの肩に手を置いた。

「ところで、打ち合わせが終わってるなら、こいつを連れて行ってもいいですか?」

「どうぞっ」

大野さんと山本さんが笑顔で即答する。

打ち合わせが済んでいなくても、たぶん喜んで送り出されてしまったに違《ちが》いない。

◇

「でも、よかったなぁ……」

「なんの話だ？」

隣《となり》でハンドルを握《にぎ》りながら、慎一が首をかしげた。

「さっきは、編集部で絶対に慎一に怒《おこ》られると思ってたから」

「なんで、おれが怒るんだよ？　前にうちに来たときだって、描いてやるって言っただろ？」

「だってぼく、まだ新人ですよ。じゅん先生のも断るんだから、とうぜん冗談《じょうだん》だと思って……」

ぼくは個人的に風見慎一のファンだし、スゴイ人だとは思ってたけど、編集部内の評価はもっと遥《はる》かに高い。編集長達の態度を見て、慎一が超大物なんだって再認識してしまったのだ。

「堅苦《かたくる》しく考えないでコネは使えよ。それとも、おれじゃいやだったのか？」

「そ、そんなこと！　だってぼく、最初から慎一のファンなんですよ！」

とっさに声をあげてしまったぼくに、彼はふっと表情を崩《くず》す。

「じゃあ問題ないだろ、付き合ってやるから好きなものを書けよ」

「はい」

ぼくは膝《ひざ》で両手を組んでまじめに頷《うなず》いた。

編集サイドからすれば、風見慎一がイラストを描く！　なんてことになったら、もうそれだけで『売れる本』だ。小説の中身に関係なく、きっと売れる。

だからこそプレッシャーは重い。慎一にイラストをお願いした手前、ぼくだってそれに恥《は》じない作品を書かないといけないからだ。

「いい作品ができたら身体《からだ》で礼をしろよ」

「…がんばります」

いろいろ考えて緊張していたぼくは、まじめにそう答えて慎一に笑われてしまった。


途中のレストランで夕食をとって、もうかなりの距離《きょり》を走った気がする。

「ところで、これからどこに行くんですか？」

「ドライブ」

「…え〜と、目的地が聞きたいんですけど」

「秘密だ」

「はぁ…」

慎一の車の助手席で、暮れていく街並みを眺《なが》めて、ぼくは少しだけ不安になっていた。

しまいに山道に入って半分ため息をついてしまったぼくに、慎一がくすくす笑う。

「まあ、ちょっとくらい付き合えよ。この先に見晴らしのいい場所があるんだ」

——ちょっとって…、もうずいぶん付き合っている気がする。

日はとうに落ちてしまって、山中は街灯もなく真っ暗だった。舗装《ほそう》されていない悪路に、ガタガタと車体が揺《ゆ》れる。

深い木立を抜《ぬ》けたとき、慎一は車を止めてサイドブレーキを引いた。

「ほら、ここだ」

彼が助手席の窓の斜《なな》め後方を指さし、ヘッドライトを消した。何気なく首を回したとたん、ぼくの口から「うわあ…っ！」と感嘆《かんたん》の声が漏《も》れる。

木立の切れた眼下には、満天の星空にも似た素晴らしい夜景が拡《ひろ》がっていたのだ。

「すごい…っ」

興奮して振り返ると、メーターの明かりを受けて慎一が笑う。

「ベストポイントだろ？」

タバコを取り出す彼に、ぼくは大きく頷いた。

「ホントに夜景を見せてくれるなんて…」

大げさに感心するぼくに、彼は目を細めて満足そうな表情だ。

車窓にくっついて夜景を眺めながら、〝ほう…〟っと感動のため息が漏れる。暗い山中から見下ろす都会は、まさしく光のじゅうたんだった。

「どんどん山奥に行くから、途中《とちゅう》でどっかに捨てられるんじゃないかって心配しちゃったよ」

思い出し笑いをしたぼくに、タバコをくわえた慎一が「ぁあ〜」と、大きく目を見開いた。

「おまえ、な〜…、そりゃ人聞きが悪いだろ」

あきれ口調の慎一に、思いきり吹《ふ》き出されてしまった。

「編集部から車に乗せて、わざわざ山まで捨てに来るかバカッ」

「ごめん、だって慎一だし」

それがやけにウケたらしく、慎一が肩を揺すって笑い出す。しまいに咳《せ》き込《こ》みながら、腹を押さえて、げらげら笑っている。

「――ったく…、物書きの発想ってのはおもしろいよな〜」

「あははは…」

一緒《いっしょ》になって笑いながら、じつはさっきまで、ぼくは冗談でなくホントにそう思っていた。

だって彼はぜんぜん目的地を教えてくれなかったのだ。

都心から離れて、山に入ってからは民家も街灯のひとつもなくなった。すっかり暗くなってしまって、対向車もない山道は車がギリギリすれ違えるくらいの道幅《みちはば》だ。

何回も慎一に騙《だま》されているぼくとすれば、いったい今度はナニをされるんだろうと、ドキドキしたってしかたないだろう……。

車の外で贅沢《ぜいたく》な夜景を見下ろしながら、ぼくは青臭《あおくさ》い夜の空気を胸いっぱいに吸い込んだ。

久しぶりに郷里に似た緑が多い場所にきた。大きく伸《の》びをして振り返ると、慎一はライトを消した車にもたれて、のんびりタバコを燻《くゆ》らせている。エンジンをかけっぱなしの車は、メーターだけが緑に光っていて、目が慣れるとけっこう明るい。

「こういう場所って、自分で走って探すんですか？」

「そうだよ」

「デートでよく来るとか？」

まじめに尋《き》いたぼくに、彼がちょっと苦笑する。

「連れてきたのは、おまえだけだぞ。気に入った場所には、ひとりで来る主義だからな」

「…ひとりで？」

尋き返して、ぼくは周りを見回した。

お気に入りの場所を見せてもらえて、なんだかすごく嬉《うれ》しい。でも、こんな山奥にひとりで夜景を見に来るなんて、慎一って勇気があるよな～。

「どうだ、おれは、おまえに優しいだろう？」

彼はぼくの肩を抱くと、甘い笑顔でのぞき込む。

「………はいっ」

「おいこらっ、なんだよ、いまのタメは？」

ちょっと記憶《きおく》を反芻《はんすう》しかけて返事が遅《おく》れ、ぼくは慎一に肩を揺さぶられてしまった。

じゅうぶん夜景を堪能《たんのう》して、ふたりで喋《しゃべ》りながら車に戻《もど》ったとき、慎一が思い出したように後ろのシートに手を伸ばした。

「ほら、おまえこれ好きだって言ってただろ」

一冊のスケッチブックを渡《わた》された。

意味がわからずにバラッとめくると、薄暗い中で目を凝《こ》らす。

「これって…」

動揺《どうよう》して一回パタンと閉じてしまった。

「あの…室内灯、つけてもいいですか？」

「いいよ」

頭上のライトがついて、ぼくは気を落ち着けて唾《つば》を呑《の》み込んだ。

彼が手がけたゲームキャラクターのラフ画だ。スケッチブックには、まだ設定前のキャラの顔やコスチュームが、なめらかなえんぴつ線で描《か》かれていた。

ゲームソフトも慎一の絵だから買った。イラスト集も、もちろん持っている。でも、あのキャラクターに決まるまでのラフが、生で見られるなんて思ってもみなかった…。

食い入るようにじっくり眺めてしまって、興奮に頰《ほお》が熱くなる。

「これ、もっと明るいところで見たいんです。貸してください、お願いします！」

スケッチブックをバクバクする胸に抱《だ》いて、ぼくは真剣《しんけん》に訴《うった》えてしまった。

「いいよ、それはおまえにやるよ。また会ったときにでも渡そうと思って持ってきたんだ」

「えーっ!? だって風見先生の直筆ですよ！」

びっくりして、あたりまえのことを叫《さけ》んでしまう。

「おれが描いてるんだから当然だろ？」

――いまさら、なに言ってるんだ？　という表情《かお》をされてしまった。

「そうなんだけど…」

――そうだったんだ……。

編集長達の態度で彼のすごさはわかっていても、絵を描いているところを、まだじっさいに見たわけじゃない。

なまじ外見が格闘《かくとう》系というイメージなので、このスケッチブックを描いた風見先生と、目の前にいる慎一が、いまひとつ重なっていなかったのかもしれない。

「先生、サインいいですかっ？」

意気込んで頼《たの》んで、慎一に笑われてしまった。

スケッチブックに書いてもらったサインや、いま余白にさらさらと描かれていく絵は、たしかに風見慎一のタッチだ。

長い指が動くと、白い紙にぼくの好きなキャラクターができあがっていく。その幸せな光景に、ぼくは感動のため息をついていた。

「原画を全部やるって言っても断ったくせに、おまえもヘンなやつだなぁ」

身を乗り出すようにスケッチブックを見つめるぼくに、慎一が笑って肩《かた》をすくめる。

「おまえ目が潤《うる》んでるぞ」

喋りながらでも、彼の指はいろいろなキャラクターを描《えが》き出していく。

もうぼくは、『風見先生、愛してます〜…』な気分だった。暗い車内にいるのも忘れて、彼にくっついて指先だけを見つめてしまう。

「おれの絵好きか？」

「すごく…好き」

囁《ささや》くように耳元で聞かれて、ぼくはポ〜ッとしたまま頷いた。

彼はデニムシャツの胸ポケットにペンを納める。動いていく長い指を、ぼくは吸いつけられるように目で追っていた。

「おれの指、好きか？」

彼の指が目の前にきて、ぼくの唇《くちびる》に触《ふ》れる。

「…はい」

唇をなぞる指の感触《かんしょく》に、熱にうかされたように呟《つぶや》いてしまう。

絵を描いていた風見先生の指だと思うと、夢見心地《ゆめみごこち》でうっとりしていた。

いた。

「ひかる」

小声で名前を呼ばれると、うっすらと肌《はだ》が粟立《あわだ》つ。

屈《かが》んだ彼の顔が近づいてきたときも、〝この人は、風見先生なんだ…〟と、ぼんやり考えていた。

彼の指が頭上の室内灯を消して、いまメーターパネルの明かりだけが車内を照らしている。

重い身体がゆっくり覆《おお》い被《かぶ》さってきて、シートが後ろに倒《たお》された。

身体の下にエンジンの静かな振動《しんどう》が響《ひび》く。ぼくを抱きしめる彼の鼓動《こどう》を胸に感じて、頬が熱くて、心臓がドキドキしていた。

エアコンで冷えた身体が彼の熱にくるまれ、温かさにゆるい息が漏れた。

彼の唇が耳に触れ、濡《ぬ》れた舌をさし込まれたとたん、ぶるっと身体が震《ふる》える。

「せん…せ…ぃ」

首筋を下りていく舌に、目を閉じて「…はぁッ」と息をはく。

「…いいんだろ？」

荒《あら》くなった呼吸を抑《おさ》えて彼が囁く。

吐息《といき》のようなその声に全身が痺《しび》れて、ぼくはゆるゆると首を振《ふ》った。指がパーカーの裾《すそ》から入ってきて素肌を探る。触れられるたびに自分の呼吸も乱れていく。重ねた身体がどんどん汗《あせ》ばんでくる。

唇が触れたとたん、

――ブーブーブーッ………。

いきなり変な音が響いて、慎一の胸が小刻みに振動した。

ぼくがハッとして目を見開き、彼はあわてて身体を離すと、胸に手を当ててポケットから携《けい》帯《たい》電話を取り出す。

ボタンを押《お》すとピッと音がした。携帯をダッシュボードの上に転がして彼は〝ふう～っ〟と息を吐《は》き、バツが悪そうに前髪《まえがみ》をかき上げた。

――え…？　あれ、いま…いったい何してたんだ……っ――？

「…慎一…」

身体の上にいる彼を見つめて呆然《ぼうぜん》と呟いてしまう。

たったいま、夢から覚めたような気分だった。

「あのな」

倒れたシートで見上げるぼくに、慎一が屈んで口を開きかけた。

『慎一、あたし～』

静かな車内に、突然《とつぜん》目が覚めるような、じゅん先生の明るい声が響いた。

「げげっ、なんだよ」

――しまった！　という表情で、急いで振り返って慎一が携帯を取り上げる。さっき本人は切ったつもりだったらしい。

『ひかる、そこにいるんでしょ』

「じゅ…、じゅん先生？」

「…ばかっ、おまえは黙《だま》ってろ」

とっさに声を出してしまったぼくは、あわてた慎一に口を塞《ふさ》がれた。

『あははは〜、全部聞こえてる〜』

感度のいい携帯電話で、どちらの声も筒抜《つつぬ》けだった。

『大野さんに聞いたわよ、慎一イラスト受けたんだってね〜。で、ひかるは、いまどこに連れ込まれてるのかな〜？』

「え…と、どこかの山の中で…」

「答えるな！」

『んま〜っ、おじゃまだったかしらね』

「じゃまだ！」

『あたし、ひかるに用があるのよ。代わんなさいよ』

ムッとしている慎一をものともせずに、じゅん先生が笑いながらそう言う。

「はい、なんでしょう」

ぼくが電話を受け取ると、彼女は受話器の向こうで声を抑えた。

『いまどこにいるの？　もし夜景なんか見てたら、お姉さん笑っちゃうわよ』

吹《ふ》き出しそうな声でそう言う。

聞こえたらしく、〝喋るな！〟という仕草で慎一が両手でバッテンを作る。

『んで、山の中でふたりで何してるの？』

慎一の顔を見ながら、ぼくは混乱して言葉を探した。

「まま、まだっ、なにもしてません！」

焦《あせ》って言い訳したとたん、慎一は「あ〜！」と顔を押さえ、受話器の向こうで、じゅん先生が大爆笑《だいばくしょう》していた。


「おまえって、反応がイイよなぁ」

帰りの車中で慎一にそう言われて、ぼくは彼《かれ》のスケッチブックを胸に抱いたまま、ひとりで真っ赤になっていた。

「今回はじゃまが入ったから続きはまた今度な〜〜」

彼は笑いながら、ぼくの肩をぽんぽん叩《たた》く。

——また、遊ばれてしまったらしい……。

慎一の絵にメロメロなぼくは、きっと、からかうとおもしろいのだろう。

◇◆◇

そのときぼくは、ずいぶんぼ〜っとしながら大学の構内を歩いていたらしい。

九月の終わりに近い今日は、風もなくて、はっきりしない変な天気だ。徹夜《てつや》明けなので、午前中の講義は出てもしかたないほど頭がボケまくっていた。午後は特に大事な講義がないので、帰って眠ることにした。

「こんにちは」

後ろで声がしても、最初は自分にだとは気づかず歩いてた。

「こんにちは、先輩《せんぱい》」

足音が追ってきて、ポンと肩に手を置かれてから、やっとぼんやりと振り返る。

頭がぼけているので、人物の識別にものすごく時間がかかった。見覚えのない男だ。慎一よりちょっと背が低いけど、百八十センチ以上はあるだろう。彼より少しスレンダーに見えた。涼《すず》しそうな麻《あさ》のジャケットにスラックス。白いサマーウールのポロシャツは、ボタンを二つ外して着ている。そこそこセンスがいいのか、そのへんの学生よりはるかに『しゃれてます』

って感じだった。

顔もいいんじゃないだろうか？　男の顔にはあまり興味がないけど……。

「何か？」

ぼんやりしたまま見上げていると、彼は苦笑して耳元に顔を寄せてきた。

「松村です、先輩」

「……──あっ⁉」

思わず腰《こし》が引けた！

一瞬《いっしゅん》、腰だけが『回れ右』して逃《に》げようとしたというべきか……。それがよろけたように見えたのか、彼はぼくの腕《うで》を取って「大丈夫《だいじょうぶ》ですか？」と感じのいい笑顔を作る。

「この間《あいだ》は、スッポカされちゃいましたねー」

──困っちゃいましたね～、て感じでにっこり見下ろされて、内心〝まじいなーっ〟と焦りまくっていた。

端正《たんせい》だけど、ちょっと愛嬌《あいきょう》のある外国の俳優のような笑顔。おっとり喋《しゃべ》る声も上品というか育ちがよさそう。慎一とはまた違《ちが》う意味で女の子にもてそうだ。

少し濃い感もあるけど、人好きのする笑顔って、きっとこういうのをいうんだろう。

「すいません、途中《とちゅう》でちょっとしたアクシデントがあって……」

とっさに謝ってしまったが、これじゃあ、まるで行きたかったみたいだ……。

「いや、いいんです。僕のほうこそ八時には帰っちゃいましたからね」

「えっ、八時？　待ち合わせは二時だったよね⁉」

「ええ」

責めるふうでもなく松村がにっこり笑う。

〃…じゃ、六時間も待ってたってことか？〃

突然プレッシャーが、どーんと肩《かた》の上に落ちてきた。

「そんなに待ってなくても……、ごめん」

「いいんです。考える時間があって、かえってよかったかな……。あ、それよりどうです？ちょうど昼だし、もしよければ一緒《いっしょ》にランチ行きませんか？」

チラッと腕時計を見ながら白い歯をのぞかせる。卑屈《ひくつ》に見えないくらいの低姿勢と軽いノリ、なんだか愛嬌のある笑顔。これは女の子にはポイント高そうだ。

「いいけど、どこへ？」

〃いいけど〃と言ってから、『あれ？』と考えてしまう。

気楽な友達のように返事をしてしまうほど、表情と話術が巧《たく》みな奴《やつ》だ。

「僕《ぼく》の行きつけの、新宿の『アンブル』ってとこ行きましょう」

後輩らしい口調で、ぜんぜん陰湿《いんしつ》なところがない。こうやって見るとけっこうマトモそうだ。

「うん、じゃ、ちょっと家に電話してきていいかな？　姉が用意するといけないから」

姉とはもちろんじゅん先生のことだ。

彼女には『男に誘《さそ》われたら姉と住んでいることにして、まず連絡を取れ』と言われていた。

「お姉さん……？　僕、電話してあげましょうか？」

「えっ？　なんでっ⁉」

松村はちょっと照れくさそうに頭を掻《か》いた。

「だって、心配すると困るでしょう？」

「心配……？」

一瞬自分の耳を疑ってしまう。高校生の女の子が外泊するわけでもないのに、こいつ何考えてんだ——⁉

「遅《おそ》くならないよね」

ばかばかしいと思いながら確認してみる。

「ちゃんと送って行きます。門限は何時ですか？」

「はい？」

声が裏返ってしまった。大学生の男に、ふつう門限聞くだろうか？

「八時です」

ジョークで返そうと思って言ってみる。

ところが彼は軽く両手を広げると、嬉《うれ》しそうにニッコリ笑った。

「大丈夫、それまでに必ず送り届けますよ」

「……!!」

言葉を失うってのはこのことだ。こいつ、絶対におかしい!!　女の子とこういう付き合いをしてきたんだろうけど、それにしても変すぎて目眩《めまい》がする。

「僕の携帯《けいたい》使いますか?」

「いや、そこに電話ボックスあるから……」

近くの電話ボックスに入って、彼に見えないようにメモを取り出す。松村の携帯に履歴《りれき》が残るのもまずいが、やっぱ『自宅』にかけるのにメモを見ていてはバレバレだ。

「はい富田です」

十数回のコールのあと、やっとつながった。

「せんせー、ぼくです!」

気が急《せ》いているので大声をあげそうになる。

ふと見ると、松村はちょっと離《はな》れたところで〝微笑《ほほえ》ましいな〟という表情でこっちを見つめていた。なんだか、すごくイヤだっ。

「どしたの、ひかる?」

松村に聞こえるわけはないが、ぼくは受話器の口に手を当てて声をひそめた。

「いま、松村に会ってます」

手短かに彼の特徴《とくちょう》と、これから行く場所を伝える。

「いい男？」

「じゅん先生の好みかも」

——きゃ〜っ♥　と嬉しそうな声が受話器の向こうで弾《はず》んだ。

「見に行く！」

「ホントにくるんですか？」

「可愛《かわい》いあんたが心配だからよ！」

開き直られてしまった。

「慎一誘っていくから、帰りにどっか遊びに行こ」

「はい、じゃあ」

電話を切ろうとすると、じゅん先生があわてて呼び止める。

「あーとね、『アンブル』ってホテルのレストランだから、ぜったい部屋まで上がっちゃダメよ。あたしが行くまで引き延ばしなさい」

「…ホテル？」

すーっと頭から血の気が引いていく。

「グルメ雑誌に載《の》ってるくらい有名だけどさ。気をつけるに越《こ》したことないわ、じゃあね」

「ちょっ、ちょっと！」

じゅん先生は言いたいことだけ早口で言うと、あっさり向こうから電話を切ってしまった。

〝――ホテルって………〟

急に母親に手を離された子どものように不安になる。

ボックスのドアを押《お》すと、松村が近づいてきてスッとぼくの右側に並んだ。

「お姉さまのお許しは取れましたか？」

「はぁ」

――なんのお許しだ……？　なぜ右側に並ぶ？

背中を押されて歩き出してから、ふと思い当たった。たぶん松村女《こいつ》の子をエスコートする時こうなんだ。この物言いも、ちょっとした動作も、すべて女性のために徹底研究されてるって感じだった。

保護者っぽい口ぶりも女性に安心感を与《あた》えるためで、笑顔には愛嬌があって母性本能くすぐっちゃうわけか～？

こういう奴こそ、とんでもない食わせものかもしれない。身につけている時計や靴《くつ》に至るまで、たぶんブランド品だろう。ポロもサマージャケットも、ふだん着って着こなしだが、さり気にこれみよがしだ。
・・・・・
近くのオフィスビルの地下に入ると、そこに駐車《ちゅうしゃ》してあった一台の車の前で松村が立ち止まる。左ハンドルの赤いイタリア車だ。

「さ、行きましょうか」

スマートな動作で車の右側を開く。

「えっ、車で？」

また腰が引けた。

ぼくが乗り渋《しぶ》っていると、松村はちょっと左肘《ひじ》を上げて腕時計を見る。

「さぁ、ランチタイムが終わっちゃうよ。急ごうか」

急きたてられて乗ると、彼は悠々《ゆうゆう》と運転席に回っていった。

〝う〜ん、これもテクニックのひとつなのかも……〟

ドアを開けて松村が乗り込み、目が合うとふっと顔をくずす。なんとも愛想がいい。

「これって、アルファロメオだよな」

「ええ、GTVです」

松村は車の自慢《じまん》をする気はないようで、それだけ答えた。

学生のくせに生意気だよな〜と思いながら、初めて見るイタリア車の内装や計器を、まじまじ眺《なが》めてしまった。

そんなぼくに微笑みながら、松村は一度引いた自分のシートベルトを、ゆっくりと元に戻《もど》している。〝なんだろう？〟と思う間《ま》もなく、いきなりぼくの上に覆《おお》い被さってきた。

「え、えっ、松村っ？」

白いポロシャツの胸が目の前にくる。一瞬ぎょっとしたが、彼はぼくの側のベルトを引き出してパチンとはめてくれた。

「シートベルトしないと、危ないからね」

ちょっと嬉しそうに唇《くちびる》の端を上げる。

「…あ、そう」

グリーン系の香り《コロン》もクラクラする、まったくっ！

こいつって、すっげーたらしだな。こんな恥《は》ずかしいことぜんぶ実践《じっせん》してるんだな。

そりゃあ、女の子は喜ぶだろう。「きゃ～♥」くらい言うかもね。でもっ！　それを男にするなよ、ひとこと「シートベルト」って言えばわかるんだ！

「じゃ、行こうか」

チラッと彼が視線を合わせて、ドッと疲労感《ひろうかん》に襲《おそ》われた。

たびたび目を合わせる……たぶんこれも、ナンパのテクのひとつだ。

〝面白《おもしろ》いじゃないか！〟

やっとぼくは開き直った。

ぼくも作家のはしくれだ。この機会に徹底的に松村《こいつ》を観察してやろう。

彼は静かに車を発進させて大通りに出ていく。イキがってスピードを出したがる学生が多い中、マナーに忠実な安全運転で、乗っていても安心できた。

「おとなしいね」

松村がチラッと視線を投げる。

「その黒いシャツ似合ってるね、思ったより首すじ華奢《きゃしゃ》なんだ」

嬉しそうに前を向いた彼の言葉に、ぼくの首はザ〜ッと鳥肌《とりはだ》を立てた。

無意識に両手で首の後ろをかばってしまう。男が華奢だって言われたら、まんま軟弱《なんじゃく》だって
ことじゃないのか…？　これでも、人並みに筋肉はついているつもりなんだ！　って、口に出
せよ、ぼく——。

「聞かないね」

前を向いたまま、ふいに松村が言う。

「なにを？」

「僕がきみを好きなわけ」

瞬間、ぶるるっと身震《みぶる》いが走ったが、根性で無理やりねじ伏せた。

「じゃあ、教えてもらおうかな」

なるべく平然と聞いてみる。

「いいですよ」

松村は白い歯をのぞかせた。

こいつの手紙には『夜空の星に憧《あこが》れるように……』だの『湖に浮《う》かぶきみをすくい上げてみたい』だの、砂吐《は》きそうなことを並べたててあるのだ。中学のメルヘン小僧《こぞう》だって、もっとマシだと思う。

「僕は女性とたくさん付き合ったんです。そうだなぁ、数えきれないくらい……、あまり長続きしない方なんですよ」

やんわりと微笑む。

「女性は欲が深いですねぇ。僕、けっこう貢《みつ》ぎましたよ。食事にエスコートして、プレゼントを贈《おく》って、ドライブに連れていって……、まめな男でしょう？　時間とお金は充分《じゅうぶん》注ぎ込《こ》んだわけですよ」

穏《おだ》やかな語り口調。

「うん」

これには同意できる。こいつって、たぶんそういう男《タイプ》だろうから。

「まあ、セックスもするわけで、いろいろと喜んで頂いたわけですが」

チラッとぼくを見る目は、完全に優位に立っている。

〝おい悪かったな、こっちは経験少なくてさ！〟って気分にさせられた。

「セックスの余韻《よいん》がずっと続けばね。きっとその人を一生愛せるんじゃないかな。でも一時的でしょう？　僕としては精神的な繋《つな》がりを求めたくなる、当然ですよね」

「うん」

一時的な快楽でも、いっぱいあるならいいよなぁ。

「どんなに精神的な繋がりを求めても、彼女達《かのじょ》は物質的なものを求めますねえ。華《はな》やかなファッションや化粧《けしょう》……、束縛《そくばく》もそのひとつです。あまりにも同じで、ある日、息切れがしてしまいましたよ」

ふっと顔をほころばせる。あんなに文章が変な奴《やつ》なのに、こいつの言葉ときたら、けっこうマジでまともに聞こえるから不思議だ。

「でも、そんな子ばっかりじゃないよ」

「ね、御存《ごぞん》じですか？」

やんわりと言葉を遮《さえぎ》られる。

信号待ちで、彼《かれ》は首を傾《かたむ》けてじっとぼくを見つめていた。

「素顔のままで美しいのを知ってから、僕は彼女達が着飾《きかざ》るほどに、化粧をするほどに、つまらなく見えるんです」

ふっと視線を外して車を発進させる。

「わかってもらえないかなー」

クスクス笑う松村に、ぼくは黙《だま》って腕《うで》を組んだ。

そりゃあ、おまえが物を貢ぐからいけないんだよ。いままで愛のないセックス楽しんできた報いだ。悔《くや》しいからバチがあたってしまえと思う。

「素顔のままでもきれいだね」

ふいに松村の指が頰《ほお》に触《ふ》れてゾクッと身が縮む。

――げげ～～～……っ！

えええっ!?　なにっ、『素顔のままで美しい』っての、もしかしてぼくのことなのか!?

そんなことを言われたのは初めてだ。しかも男に言われると、ちょっと……いや、そうとうイヤかもしれない。

「でも女性は好きですよ。可愛《かわい》いですね」

口を押さえているぼくにかまわず、松村が続ける。

「最初、女の子だと思ってましたよ、ひかるくん」

「はぁ～っ？」

たまらなくなって、ぼくは反論してしまった。

「あのさ、たまにそういう人いるけど、ぼくってそんなにヤワに見えるわけ？　顔だって、そこまで女顔じゃないと思うんだけど!?」

やっと口に出せるようになった。内心で考えてるだけじゃ、ストレスが溜《た》まるだけで相手には伝わらない。

「目が大きくて少年ぽくて可愛いですよ。いやですか？」

松村は相変わらず柔《やわ》らかく笑っている。

「おまえさぁ、男が可愛いって言われて嬉《うれ》しいとでも思うか？」

思いきり声にイラつきが出る。

「そこまで男らしさにこだわると、かえって女々しくなりますよ」

「えっ？」

「どうしたってきみは男なんだから、自然体が一番でしょう？」

〝…うっ〟

なんだかコンプレックスにぐっさり突《つ》き刺《さ》さる。

ぼくよりひとつ年下なのに、この人生を達観したような物言いはなんなんだ……？

「最初は地味な感じの子捜《さが》してたんです。化粧っ気がなくて着飾らないタイプをね。何人かチェックして見てたんですけど、いまいちピンとこなくて。ひかるくん見つけた時も、しばらく見てましたよ」

「その〝ひかるくん〟ってなんだよ？　おまえ三年で年下だろ？」

「いい名前じゃないですか」

余裕《よゆう》のひとことで却下《きゃっか》されてしまった。

こいつがまだ二十歳《はたち》だなんて、信じられない……。

「情報集めてチェック入れました。まめでしょう？　だから、すぐ男の子だってわかったんだけど、よけい興味が湧《わ》いたんです」

「じゃ、男が好きなわけじゃないのか？」

「違《ちが》いますよ」

ふふっ、とおかしそうに笑っている。ちょっとだけ安心した。

「ひかるくんて、まじめで欲がない子なんだね」

「え、欲？」

いきなり自分に話を振《ふ》られて戸惑《とまど》った。

それにしても〝この子〟呼ばわりか……？

「学食でも最後まで待ってたり、図書館でひとりでずっと勉強してたり、ゼミのコンパも出たことないでしょう？　浮いた噂《うわさ》ひとつないマジメな子だなぁと思って」

「んなことないよ……」

ぞんざいに手を振って訂正《ていせい》する。

他人からはそんな風に見えるんだろうか？　人混みに入るの嫌《きら》いだから、いなくなるまで待ってるし、図書館でレポートと仕事の資料チェックをしてるけど、ただ単に本を買う金がないだけだ。

ちなみに、ぼくは酒がまったくダメ。コンパなんてもっての外《ほか》だ。

「人付き合いも下手ですよね。遊ばないせいだと思うけど、あまり人に心を開かないのかな？　友達信用できませんか？　見てて堅《かた》いのがよくわかる。いつも夢《ゆめ》見てるみたいで、どうにも危なっかしくて……。だから、よけい入って行きたくなるし、きみを知りたくなる。つまり…、そういうことです」

ハンドルを握《にぎ》ったまま、松村は楽しそうに喋《しゃべ》る。

〝夢見てるみたい〟って…、そりゃただの寝不足だろう。でなけりゃ仕事のネタ考えて、ぼ～っとしてるかだ。もしかして、うっかりこいつの顔でも見ちゃったのかもしれない。

それにしてもこいつ、きっと女の子に言うセリフを、まんま、ぼくに言ってるんだ……。

要約すれば〝いままでいろんなタイプと付き合ったけど、きみみたいなタイプは初めてだ。シャイなきみの心に入って行きたい〟ってとこか――。

松村の話の流れを参考にして女の子を口説けば一発だろう。

◇

車が某《ぼう》高級ホテルの正面玄関《げんかん》に止まった。

松村は素早《すばや》く降りて、こっちのドアを開いてくれる。

「行こうか」

笑顔で差し出された手を押《お》しのけて、ぼくは黙って自分で下りた。松村は苦笑を浮《う》かべてドアを閉じる。代わりにホテルマンが乗り込むと、彼の車は地下の駐《ちゅう》車場《しゃじょう》に消えていった。

ホテルの正面玄関左側に、『アンブル』があった。

下を向いて自分の服装を見直してしまうほど、そこは高級っぽい。原稿《げんこう》やレポートと一緒《いっしょ》にショルダーバッグに入ってるサイフの中身が心許《こころもと》ない。とても、〝ランチタイム〟なんて気軽なものじゃないのだ。サマージャケットの松村はともかく、ただの綿シャツのぼくなんか、足を踏《ふ》み入れるのもはばかられるほどだ。

そんなこっちの心情をよそに、彼は店の入口にかしこまってるボーイと気安く話している。

「ご案内します」

ボーイがていねいに一礼し、「どうぞ」と、ぼく達を店の奥《おく》に案内してくれた。

店内は黒を基調に落ちついた雰囲気《ふんいき》のインテリアが配してある。金のシャンデリアが地味すぎず派手すぎず、心地よい光の空間を演出していた。

赤と黒の色彩《しきさい》が抽象的《ちゅうしょうてき》に入り交じった絨毯《じゅうたん》は、足が一センチくらい沈《しず》む感触《かんしょく》で感嘆《かんたん》してしまう。ぼくらのついたテーブルは一番奥で、じゅん先生はまだ来ていないようだった。

彼女の自宅からこの店までは、けっこう距離《きょり》がある。時間的にもまだムリだろう。

でも、ここに座ってしまうと他のテーブルからは死角になる。彼女が来ても、「なんだ、いないじゃない」って帰ってしまうかも……。

「ひかるくん」

「はいっ」

声がうわずってしまった。ちょっと緊張《きんちょう》しているせいもある。

この席はやっぱＶＩＰ用だろう。〝行きつけ〟って、こいつ…よっぽど金持ちの、ぼんぼんなんだなぁ。

ボーイが歩く側には手入れのゆき届いた観葉植物が並んでいて人目を気にする必要がない。じつによくできた配置だ。

松村はぼくの斜《なな》め右に座って、メニューを見るでもなく片肘《かたひじ》ついてこちらを見ている。行儀《ぎょうぎ》は悪いけど、やけに様《さま》になっているから不思議だ……。

「任せてもらっていいですか？」

「はあ、いいです」

たぶんメニューを渡《わた》されても困るだけだ。

彼《かれ》が右手を軽く持ち上げると、さっきのボーイよりかなり年配の黒服が近づいてきた。胸のネームプレートには『支配人・田中』とある。支配人自らオーダーにくるとはすごい…。

松村は屈《かが》んだ田中さんの耳元に小声で何か話していた。ときどきチラッとこっちを見て嬉しそうに笑う。最後に彼は小さくピースサインを出した。ピースなのか、ふたつということなのかわからないけど、そのまま中指を折ると、人差し指を自分の唇《くちびる》に当てて『内緒だよ』って顔をする。

どこか、いたずらっぽい子どものようで、田中さんも〝やれやれ〟と破顔していた。

——こいつって、もしかして性格いいのか？

そう思ってしまう光景だ。長年の付き合いらしい支配人には、きっと〝かわいい坊ちゃん〟に見えるんだろうなぁ、みたいな……。

田中さんは彼に一礼すると、笑顔のままぼくの横に回ってきて軽く会釈《えしゃく》した。

「直樹様の大切なご友人だそうですね。今日はどうぞ楽しくお食事なさっていってください」

渋《しぶ》いけど優しい声で田中さんが微笑《ほほえ》みかける。

ぼくがお礼を言うと、彼はそれを笑顔で受け取って、ていねいに一礼して奥へ消えていった。

そのすべての動作がプロとして洗練されている。

田中さんの背中を見送っているぼくに、松村が両肘をついたまま話しかけてきた。

「いい人でしょう、田中さん」

「うん、ホテルマンの鑑《かがみ》だね。サービス業はこうでなくっちゃ」

ぼくは文句なく同意して頷《うなず》いた。

「でも、僕《ぼく》なんか小さい頃《ころ》よく走り回って彼に叱《しか》られましたよ」

くすくす笑う松村に、ついつられて口元が弛《ゆる》んでしまった。場面が想像できる。叱られたっていっても、たぶんニュアンスが違うんだろうけどね。

「ね、お箸《はし》で食べようね。そう頼《たの》んじゃったけどいいよね？　僕がナイフをめんどうがるんで、黙《だま》ってると箸が出てくる」

首を傾《かたむ》けて、「ねっ」って顔で笑う。

ちょっと子どもっぽい語尾《ごび》とか、相手に合わせて臨機応変に使い分けているとしたら大したものだ。それとも……、正真正銘《しょうめい》これが松村の地なのだろうか？

他人《ひと》に気を使うし、優しいし洗練されてるし、すごくいい奴《やつ》だ。それに頭もいい。これだけの男なら、女の子にとっては満点に近い彼氏に違いない。

「おいしいな、これ」

ぼくがホワイトソースのかかった魚介類《ぎょかい》を食べていると、彼は箸で自分の皿をつついて中の具をつまみ上げた。

「これ知ってる？　ナマコの内臓」

「え、ホント!?」

聞き返すと、松村はいたずらっぽく目を細めて手を振った。

「うそうそ、ただの海草だよ。いま『ひえ～』って思っただろ」

ときどき、すごく人なつっこくて子どもっぽい部分を見せる。彼はやんちゃな弟の部分と、

アダルトな大人《おとな》の部分を交互《こうご》に出せるのだ。

――ホストだったらナンバー・ワンかも…と、つい考える。

疑り深くなっているのは、しょうがない。風見慎二で懲《こ》りているのだ。

それでも、デザート後《ご》のコーヒーを飲むころには、もうすっかり幸せな気分になっていた。

これだけのレストランで気の利いたサービスを受けて、一生に何度もない贅沢《ぜいたく》な食事を気楽に食べられて――。たとえ何か月分かの食費が飛んでっても、この幸せには代えがたいなぁ…って気分になっていた。

いまは割りカンにするつもりでじゅん先生を待っている。ぼくのサイフの中身では、とても足りそうにないからだ。

松村はちょっと伸《の》びをして首を左右に傾けている。気持ちのいい気だるさに、ぼくもなんとなくアクビが出てしまった。

「よく食べたねぇ、おたがい」

松村が柔《やわ》らかい口調で言った。

「うん」

「じゃ、最後に」

彼が手を上げると、待機していたらしいボーイが氷とシャンパンの入った容器を運んできた。

もうひとりが素早く優雅《ゆうが》に、ぼくらの前にグラスを置いて一礼して去っていく。

「ぼく飲めないから遠慮《えんりょ》しとくよ」

言ってるそばから、松村は自分で栓《せん》を抜《ぬ》いてしまった。

「ぼく飲めないのに〜っ」

「えっ、飲めないの？　ただのシャンパンだよ」

「でもアルコールは、ホントにダメなんだ」

ぼくが両手でバッテンを作ると、彼は開けてしまったシャンパンを眺《なが》めて、困ったような表《か》情《お》をした。

「そうか、弱ったなぁ。栓抜いちゃったから返せないし、ちょっとムリしたんだこれ」

「ええ、そんなっ」

青くなってしまう。ふだんこんなランチ食ってる奴がムリしたって……、いったい何万する酒なんだっ!?　想像もつかない！

「まあいいや、もったいないから僕飲むよ。ひかるくんも、ちょっとだけ手伝って」

「でも」

グラスに注《つ》がれていく金色の液体を見ながら、二の句が継《つ》げない。だいたいコンパ断ってんだから、酒飲めないのは知ってるはずだろ？

ほかの理由だと思ったたって言われれば、それまでだけど、〃もったいないから〃というのは、たしかにぼくの心を動かした。

「飲んでごらんよ、シャンパンだから酔《よ》わないよ」
二、三杯《ばい》たて続けに飲んで、松村はぼくの方に微笑みかける。
「う、うん……」

——そうなんだろうか……？　たしかにクリスマスケーキと一緒に売ってるやつはOKだけど、目の前のこれは思いっきり酒っぽいのだ。

口を付けなきゃ失礼かなと、少しだけ飲んでみる。ちょっとピリッとするアルコールくさい液体が、喉《のど》を通って熱さを伴《ともな》って胃に染みる。

まあアルコールがダメな人間にとっては、こんなもんだ。どんなに高くていい酒だって味を愉《たの》しめるわけじゃない。まだ炭酸入っているから、なんとか飲めるって程度だ。

「大丈夫でしょう？」

「でも、すぐ回っちゃうほうなんで」

一杯くらいはしかたない。

でも、やっと飲み干してグラスを置くと、松村がすぐ次を注いでしまった。

「乾杯しよう、乾杯」

彼はどのくらい飲んだかわからないが、けっこうごきげんになっているようだ。しかも、いつの間にか、もう一本空けてるし……。

「いや、ホントにダメだから、ごめん」

「一度だけ乾杯しようよ。ねー、僕まだこれだけ飲むんだから」

ボトルを指さして、松村は子どもみたいに口をとがらせた。

「は〜っ、もー」

まいったな〜、完全に押《お》されぎみだ。でも、彼《こいつ》が残りを全部飲むんなら、その間にこっちの酔いも冷めるかもしれない。

グラスはチンと美しい音をたて、ぼくは『もーっ!』と思いながら目をつぶって飲み干した。少しもおいしいと思わないので苦痛だ。

すぐに顔と耳が熱くなってくる。胃のあたりも熱いし心臓もドキドキする。グラスを置くとテーブルに両肘をついて、ぼくはため息をついてしまった。目の前に三杯目が注がれたとき、さすがにカチンとくる。

「もう、ホント飲めないってば!」

酒を飲む奴は、飲めない人間のことを知らなすぎるっ。アルコールで気持ち悪くなる人間だっているのだ!

「ねえ、ひかるくん」

松村はボトルを置いて、ゆっくりイスから身体《からだ》をずらした。伸ばした左手をぼくの肩《かた》に置くと、そのまま首筋に指を這《は》わせてくる。

「そんなに僕が信用できない？」

「え…っ!?」

その瞬間《しゅんかん》、重力に逆らってザワッと後ろ髪《がみ》が逆立った。首筋から背中に鳥肌《とりはだ》が駆《か》け抜ける。

「震《ふる》えてるね、僕が恐《こわ》い？」

「！！！！」

――ひあーっ、コワイぞぉ〜っ!!　おまえの性格がーっ！

男相手にそのセリフは絶対間違《まちが》ってるーっ!!　カーッと脳天に血が上《のぼ》って頭がグラッときた。

「……帰る」

「帰したくないな」

松村がテーブルに置いたぼくの右手を摑《つか》んだ。もう片方の手で外そうとしても、抜けない。

「でも、悪いけど帰るよ」

声を抑《おさ》えて言いながら、なんとかこの場を穏便《おんびん》に済ませようと考えていた。

「じゃあ、部屋で酔いを冷ましてから帰ればいいよ。きみ、かなり酔ってるから」

「は……？」

部屋って、ホテルの……？　こいつ――っ、勝手に部屋取ってんじゃねーっ！

混乱してるあいだに左手も摑まれ、奴の顔が目の前にきた。鼻がくっつきそうだ。

「な、なにすんだっ！」

さすがに動揺《どうよう》して立ち上がると、松村は強く腕《うで》を引き寄せた。

「怒《おこ》らないで、無理強《むりじ》いしたいわけじゃない。でもそうだな、何も求めない代わりに、もう一杯飲んだら帰っていいよ」

「いやだ！」

彼《かれ》はちょっと唇《くちびる》を歪《ゆが》めると、そのままぼくの腕ごと両手を自分の背後に回した。当然、ぼくは松村に抱《だ》きつくような格好になる。

「こらっ、なにしてる！」

肩を揺《ゆ》すってもがきながら、上を見上げると拗《す》ねたような顔が屈《かが》み込《こ》んできた。首を傾けて避《よ》けると、そのままトンとぼくの肩に額をついてクスッと笑う。

「じゃあ……、このまま部屋に引きずっていこうかな」

低い声が耳元で囁《ささや》く。

——こっ、これでは脅《おど》しだ！

きっと女の子は、これ以前にことごとく陥落《かんらく》していったに違いない。

「本当に、もう一杯飲んだら帰っていいんだなっ」

「いいよ、そのくらいのいじわるは、させてほしいな」

松村はパッと手を離《はな》して『降参』のポーズをとった。

ぼくは渋々《しぶしぶ》イスに座り直すと、グラスの中身を一気にあおった。一秒でも速く、この場所から帰るんだ。

「じゃあ」

立ち上がって歩こうとして、ぐらっと大きく身体がよろけた。下降中のエレベーターのような、バランスの喪失感《そうしつかん》がある。でも、ここで挫《くじ》けたらダメだ！

最後の気力を振《ふ》り絞《しぼ》って顔を持ち上げる。その視界の中に、じゅん先生が中腰《ごし》で小さく手を振っているのが見えた。

〝せんせ………？〟

ぼくは大きく目を見開いていた。

手前にいた男もこっちを振り返る。まぎれもなく風見慎一だ。

〝あ………、天の助け………〟

気が抜けたとたん、またイスに崩《くず》れてしまった。支えるように松村が両手を差し出す。

「やっぱりムリだった？ ひかるくん本当に弱いんだ、可愛《かわい》いねぇ」

「触《さわ》るなっ、帰る…！」

「まぁ、休んでいこう。何もしないから」

語尾《ごび》が笑ってる。

一瞬でも〝いい奴《やつ》〟だと思ったことを猛烈《もうれつ》に後悔《こうかい》した。

――こんな奴、二度と信用しないっ!!

彼に腕を持ち上げられたとたん、不気味な予感を伴ってす一っと頭から血の気が失せていく。

まずい、貧血だ。そのままぼくは床《ゆか》にへたりこんでしまった。頭を下げていないと、本当にブラックアウトしてしまう。

目の前が銀色に光っていて、胃液がせり上がってくるようだ。

やばい、助けてくれ……っ。

「おいっ、ひかるくん大丈夫《だいじょうぶ》かい？」

「…………」

気持ち悪くて声も出ない……。全部もどさなければ治らないだろうと思ったとき、いきなり身体が宙に浮《う》いた。松村がぼくを仰向《あおむ》けに抱き上げたらしかった。

――ああっ、頼《たの》むからやめてくれっ！〝く〟の字に抱き上げられたら頭から血が下がるっ！　頭がサーッと冷えていく。もう死にそうに気分が悪い。なのに――、
突然《とつぜん》くるりと向きを変え、松村が入口と正反対に歩きだした。

〝そっちじゃないっ！〟

ぼくは心の中で大声を上げた。

目を開けようとしたぼくの視界が急に狭《せま》くなり、いきなりテレビのスイッチを切ったように真っ暗になった。

……………ブラックアウト。

——じゅん先生っ、慎一……っ!!

最後に、ぼくは必死に手を伸《の》ばしてふたりの名前を呼んだのだ。

◇◆◇

頭がズキズキと痛んで目が覚めた。

「い、たたたたたた…っ！」

こめかみを釘《くぎ》で打たれるような痛みが走って、自分の頭を抱《かか》え込む。

「起きたか？」

ドアを開けて入ってきたのは慎一だ。

ここは彼の部屋のベッドの上だった。

〝助かったんだ……〟と思ったのもつかの間《ま》、

「このバカッ！」

いきなり吐《は》き捨てるように言われた。

「すいません……」

ふとんを摑んで謝りながら、頭痛と自己嫌悪《けんお》がどっと津波《つなみ》のように襲《おそ》ってくる。

そんなぼくの心情をまったく無視して、彼は一気にふとんをめくった。

首の後ろに手を差し込まれて、ぐっと上半身が起こされた。しばし慎一と見つめ合う。

この目は絶対怒ってる……、あたりまえだ。

そのままの体勢で、彼は水の入ったコップを、ぼくの手に押しつけた。

「薬飲め、薬！」

コップを受け取ると、口に錠剤《じょうざい》を二つ押し込まれた。

最低の不機嫌《ふきげん》てのがあれば、まさしくいまの彼がそうだろう。大声で怒鳴《どな》らないのは、頭痛を考慮《こうりょ》しての気遣《きづか》いだろうか…？

なんとか薬を飲みおえる。慎一はぼくからコップを取り上げて、意外なことにそっと頭を下ろしてくれた。

「あの、ごめんなさい……」

謝ってるのに睨《にら》みつけられ、乱暴にふとんを顔まで引き上げられた。

「怒ってないから休めっ！」

ピシャリと言われる。

ウソだよ、猛烈に怒ってるよ〜〜っ！

彼が出ていったあと、思いきり青くなってしまった。

迷惑《めいわく》かけたんだきっと……。じゅん先生に呼び出されたうえ、レストランで長々待たされて。

〝まさかぼく、ゲ○吐いちゃったのかも…？〟

またサーッと血の気が引いた。

これだけ迷惑かけて、さらに慎一にゲ○の始末させたなんてことになったら……。あの温厚そうな支配人の田中さんにも……。

うあ〜っ立ち直れないー！ 穴掘《ほ》って地球の裏側まで逃げだしたいよー、マントルあるけど、って冗談《じょうだん》こいてる場合じゃなーいっ!!

ひとりで悶々《もんもん》としていると、ドアが開いてじゅん先生が入ってきた。

「やあ、酔《よ》っぱらい小僧《こぞ》ー。元気ィ？」

ひらひらと手を振りながら、嬉《うれ》しそうにベッドの端《はし》に腰を下ろす。麻《あさ》のパンツに、ライムグリーンのブラウスというファッションだ。

「先生、すいません。ご迷惑をおかけしました……」

「いいって」

謝りながら身体を起こしかけたぼくを、彼女は軽く手で制す。

「いちおう謝罪は受諾《じゅだく》したから。そう何回も謝る必要ないわよ」

「はい、あの…」

言いづらいけど聞いてみる。

「ぼくが気を失ってるあいだ、その…、ゲ○とか吐きませんでしたか？」

冷や汗《あせ》かいてるぼくに、じゅん先生は目を丸くして、ぷっと吹《ふ》き出した。

「なに、あんたそんなこと気にしてたの？　大丈夫よ、おとなしいもんだったわ。まっ、慎一はムカムカしてるだろうけどね」

「忙《いそが》しいなか呼び出されて、そりゃ怒りますよね……」

ふ〜っと、ため息がでる。

「それは、ちょっと違《ちが》うけどね」

じゅん先生はぼくの肩《かた》をぽんと叩《たた》くと、艶《つや》っぽい笑顔を寄せてきた。

「ねー、松村くんさ。ありゃ天性のたらしだねー。自分をいかようにも演出できるタイプよね。やたらと手札が多そうだったわ」

「一度でよくわかりますね」

「うん」

彼女《かのじょ》は頷《うなず》いてぼくの額に手を当てた。そのひんやりとした掌《てのひら》に気分が落ちついて、少し頭痛が軽くなった気がする。

「そりゃお姉さんも、あんたより経験豊富なわけよ」

軽く微笑まれて、納得させられてしまう。

ぼくには姉はいないけど、いたらきっと〝姉さん〟ってのはこんな感じなのかもしれない。

慎一と彼女は幼なじみだそうだが、彼らが肉親のように付き合っているのもわかる気がした。

「とにかく助かってよかったわ。あたしが呼び止めたおかげね。あのあとさ〜、彼氏ホテルドクターに診《み》せて、休ませてから送るってのを、あたしが『連れて帰るから！』って押《お》し通したんだもん。

慎一は『飲めない奴に酒なんか飲ますな！』ってガンガン怒《おこ》ってるし、松村くんはそれシカトして、あたしに『僕《ぼく》が至りませんでした、またお詫《わ》びに伺います』ってこーよ。

おまけにさあ〜、慎一があんたを受け取るって言ってんのに『僕が運びますから』ってガンとして譲《ゆず》らないし。彼氏、ランサー（慎一の車）まで、あんたを抱いてったの。すっごお〜く愛おしそうに、顔をのぞき込みながらよー。

キャーッ、もーたまんないわね〜！　煩悩《ぼんのう》が煩悩がぁ〜っ♥」

ひとりで興奮するじゅん先生を眺《なが》めて、〝ぼくの悩《なや》みっていったい…？〟と思ってしまった。

「じゃ、慎一が怒ってたのは……？」

「松村くんよ〜、あれ完全シカトよ〜。でかい男がふたりで、睨み合っちゃってさぁ。それもおいし〜んだけどね。でもあのふたりだと両方攻《せ》めだし、プロレスになっちゃうもんなー」

「なんの話ですかそれはー……？」

脱力《だつりょく》しながら口を挟《はさ》んでしまう。

たしかにあのふたりは両極端《きょくたん》だ。どっちも自信家だから、ぶつかったら恐《こわ》いだろう。

「でも、ね」

彼女は笑いを収めると、ぼくの胸にぴたりと人差し指を突《つ》きつけた。

「あたし達が行かなかったら、あんたなんて松村くんに即日《そくじつ》落とされて『終わり』だったんだからね。それをちゃんと覚えときなさいよ！　自分にその気がなけりゃ、あの手のタイプには二度と近づかないこと。しらふなら自力で逃《に》げられたんでしょ？　慎一は迂闊《うかつ》なあんたにも怒ってんのよ」

「反省してます……」

返す言葉もない。

人目がある場所だったから安心していた部分がある。世間知らずの甘《あま》ちゃんだと言われてもしかたがない……。

「わかってないと思うけど。松村くんみたいなタイプ、ナルシストでサドなんだよね」

「えっ!?　ナルシストはわかるけど、あいつすっごいフェミニストですよ」

「うんうん、たしかに面《めん》いいなぁ。あたしでもグラッとくるぞ。でも、女に本性見せるたまじゃないわね」

「でもっ、あいつ男が好きなわけじゃないって…」

「ひ・か・る・くう〜ん」

ぼくの上に屈《かが》み込《こ》むと、彼女は意味深に顔を寄せてきた。胸の上に柔《やわ》らかい胸が当たって、ふわっと甘い香りがする。ちょっと動悸《どうき》が速くなってしまって、じゅん先生が女性なんだってことを再認識させられてしまった。

「簡単に手に入るオモチャより、入手が困難で、その上それが大のお気に入りだったら、子どもがどう扱《あつか》うかわかるでしょ〜？」

けっこう色っぽい目で笑いかけられ、キリッとした口紅のレッドが触《ふ》れそうで、ぼくはドギマギしてしまった。

「ボロボロになるまで遊ばれたい？」

「えっ⁉　松村に？」

思わずびっくり目になる。

男同士で、ボロボロになるまで何するってんだ？　だいいち男の身体《からだ》で遊んだって、ちっとも楽しくないのでは………⁉

「わかってない？」

「いまいち……」

つんと彼女の唇がぼくの口に触れた。

絶句しているぼくを尻目《しりめ》に「んふふ〜」と意味不明の笑いを浮かべて顔を離《はな》す。

「あたしたち、けっこうひかるが気に入ってんの。松村にやるのは惜《お》しいな〜。あれも美味《おい》しい男ではあるけどさ」

気軽な口調で言うじゅん先生に軽く頭を撫《な》でられて……、こんな状況《じようきよう》なのに、ぼくはちょっと感動していた。

松村の言う『心を開かない』ぼくの中に、蹴破《けやぶ》って乱入してきて、いつの間にか慎一と一緒にお茶飲んで居座っている。そんな感じだ、じゅん先生って……(ちょっと例えが悪いかも)。

——でも、これっていいな……。

けっこう心地いい感覚だ。心配して説教してくれる人がいるってのは気持ちがいい。

いままで学校に行って『仕事』をして、バイトまでしてたから、ぜんぜん余裕《よゆう》ってものがなかった。振《ふ》り返ってみると、ぼくには東京《こっち》で悩みを相談できる友達がいない。

自分が小説を書いていることは、まだ誰《だれ》にも言っていない。仕事場でもある部屋に、友達は呼べない……。

ゼミの連中も、さぞかし付き合いの悪い奴だと思っているだろう。

「じゅん先生……、今日はお世話をかけました」

これは、しごくまじめに言ったつもりだ。

少なくともいま、ぼくは友達として扱ってもらってる。自分がどんな顔をしていたのかわからないけど、彼女はふとんをぼくの頭まで引き上げた。

「よしよし」

優しく呟《つぶや》かれると、なんだか胸がじんと熱くなる。

でも、やることが慎一となんとなく似ていて、笑ってしまった。

「悪いこと言わないから、同じ独占欲《どくせんよく》が強いなら慎一がいいぞっ！ あたしが太鼓判《たいこばん》を押してやろう」

ふとんの片端持ち上げて、ひそひそ囁《ささや》く。もうっ、じゅん先生だなあ…と思う。言いたいことだけ言ってしまうと、入ってきたときと同じように、彼女はまた元気よく部屋を出ていった。

◇

再び目覚めると斜《なな》めのブラインドから漏《も》れた光が、少しだけ寝室《しんしつ》を明るくしていた。

目をこすって横を見ると、そこに慎一のＴシャツの背中があった。

〝ど、どうしよう！〟

急に心臓がバクバクする。気分は、お父さんが起きたら叱《しか》られる！ って子どもの心境だ。

そ〜っと身体を起こそうとしたとたん、彼《かれ》がゴロンとこちらに寝返《ねがえ》りを打った。

ポンッと左手がぼくの肩に置かれて、とっさに目をつぶる。おそるおそる顔を上げると、閉じていた彼の目がパッと開いて、めいっぱいムッとした表情に変わった。

「あ…おはようございます」

「…………」

「きのうは、ご迷惑《めいわく》を……」

黙《だま》っている慎一と見つめ合っていると、彼の口から出たのは「ばぁーか！」という言葉。

彼に腕《うで》を押さえられて、何回も、「この、ばぁーか、ばぁーか、ばぁーか、ばぁーか……」と連呼される。

「ばかです、すいませんでしたっ」

「おまえ、痛い目に遭《あ》わないとわからないんだろ？」

頬《ほお》をぴたぴた叩《たた》かれて、顔が近づいてきたときも、ぼくはただ慎一をじっと見つめていた。

彼の息がかかって唇《くちびる》が触れると、身体がカチーンと硬直《こうちょく》してしまう。

「おまえ、松村の前でもこうなのか？」

慎一は唇をずらして〝はぁ〟とため息をついた。

「それとも、おれだったら抵抗《ていこう》しないってことか？」

そう尋《き》かれたとき、ぼくはやっと瞬《まばた》きすることができた。

「え、びっくりして…だって慎一はノーマルだから……」

「あ〜っっ！　あったま痛ぇ!!」

慎一は起きあがるとガシガシ頭を掻《か》いた。

「おまえ、それじゃ犯《や》ってくださいって言ってるのと一緒《いっしょ》なんだよ！」

「松村には、違《ちが》います！」

起き上がって抗議したぼくに、「ほ〜」と慎一はあきれた声を出した。自分の首の後ろを揉《も》みながら、目線だけをチラッとこっちに向ける。

「もう呼び出したりして迷惑かけませんから…」

「んなこと言ってねーだろっ！」

一瞬《いっしゅん》、怒鳴《どな》りかけてから、彼は口を押さえて大きく首を振った。

見上げるぼくの頭に手を置くと、彼は唇を結んだまま少し微笑《ほほえ》んだ。目を細めた優しそうな表情は、いつもの慎一だ。

「おれ、あんまり怒らない人間なんだぜ」

じっとぼくの目を見て、彼はゆっくりそう言った。

「はい」

もう怒らせるマネをするな、ということだろうか……？

「とにかく、松村には近づくな」

すぐにいつもの顔に戻《もど》った彼に、そう厳命されてしまった。

◇◆◇

それ以来、学校内でも街中でも、かなり気を張って周りを眺めるようになった。松村らしい人物を見かけると避《さ》けたり、街中でも赤の外車を見たら隠《かく》れるようにしている。

努力の甲斐《かい》あって、彼とはあれっきりだ。ほとぼりが冷めたかなと、ぼくは少し安心し始めていた。

その日は忙《いそが》しくて、どこにも寄らずに急いで帰ってきた。

ぼくの部屋はマンションの五階にある。古い建物だけど、とにかく安い。いちおうエレベーターも付いている。寝て仕事できればいいかってぼくには、ちょうどいい部屋だった。

エレベーターを降りてひとつ目の部屋、五〇一号室。

いつものように鍵《かぎ》を差し込んでロックを外す。ドアノブに手をかけたとき、

「やあ」

という声とともに肩《かた》に手が置かれ、ビクンッと身体が硬直した。聞き覚えのある声に、ゆっ

くり目線から先に振り返る。

「ま、松村……」

「この間はどうも」

人なつっこい笑顔を浮《う》かべて松村が立っている。今日はパールトーンのスーツに、ネクタイという格好だ。彼がどこから現れたのか、ぼくには見当もつかなかった。

階段のあたりにいたのだろうか？　ドアの前で待ってるような奴《やつ》じゃない、顔見たとたん、ぼくが逃《に》げ出すのは察してるんだろう。

鍵開けるタイミングを読んでるとこなんか憎《にく》いぜ……。

「あのときは、申し訳ないことをしてすいません。あんなにアルコールに弱いなんて思わなかったので」

殊勝《しゅしょう》にも深く頭を下げている。

ぼくはドアを背にして彼の方へ向き直った。〝部屋には入れないよ！〟という意思表示だ。

ドアをもう一度ロックしてしまえばいいのだが、さすがにそこまで嫌味《いやみ》なマネはできなかった。

「この間はごちそうさま。あのときの、割りカンにしてくれる？　自分のぶんは払《はら》うから」

ぼくは努めて平静を装いながら言った。

「やだなぁ、そんなに気を使わないでくださいよ。僕《ぼく》が勝手に連れてったんだから。だいいち田中さんに聞かないとわからないし、ほんといいです。反省してます、ごめんね」

語尾の『ごめんね』が、まるで女の子に話すような口ぶりだ。

どうしてもぼくを下に見てるよな……たしかに身長では見下ろされてるけど。

いま思えば、田中さんと話しているときのピースって、もしかしてホテルのツインかダブルの意味だったのか？　田中さんが変な誤解をしたのではと、急に不安になった。

「ねえ、ひかるくん中入れて、だめ？」

後輩《こうはい》の口調になってかなり下手に出ている。

「ごめん、いまから」

「あっ、そういえばバイトやめたんだってね、生活とか大丈夫《だいじょうぶ》？」

ぐっと言葉に詰《つ》まる。

断る理由に『バイト行くから』が使えなくなってしまった。来月から『小説《しごと》』に集中したかったので、先日バイトを断ったばかりだ。それをなぜ、松村が知っているのだろう……？

「レポートの締《し》め切りあるんだ。早めに始めたいし、姉もすぐに帰ってくるし。とにかく、ぼくは松村と付き合う気はないよ」

もうこうなったら冷たくするしかない。

はっきり、しっかり、きっぱり断るのが一番だ。

彼はちょっと唇を歪《ゆが》めると、ぼくに一歩近づいた。身体がくっつくのが嫌で出した右手に、大きなバラの花束を押《お》しつけられる。

「これは……？」

しゃれたラッピングの、豪華《ごうか》な黄色のバラの花束だ。

「お詫《わ》びに持ってきたんですけど……。ちょっと外しましたか？　でもその色は、きみによく似合ってる」

「あのねー」

外してる……めいっぱい。

でも、ぼくは前に花屋でバイトしたことあるけど、これだけいい花束になると三万円以上するはず。う～ん、もったいないと思わないのだろうか？

「受け取れない、返す」

缶コーヒーの一本くらいなら、もらったかもしれないが、花束は〝重い〟。

松村に押し戻すと、彼はそれを素直に後ろに引っ込めてスッと身体を寄せてきた。

「バカッ！　よせっ人が通るんだぞ、ここはっ！」

ひどく焦《あせ》って周りを確認してしまう。

エレベーター側の壁に片手を付いて、松村はバラを持ってる方の手で頭を掻いた。

「困らせたいわけじゃないんです。でも好きなんです……すごく。もう自分で、どうしたらいいのかわからないくらいに……。見苦しいでしょう？　見苦しいですよね…。はっきり言って、僕はこれほど女性に手こずったことはありません。そして、こんなに欲しいと思ったことも、ない……」

松村は言葉を切って、マジな表情《かお》でぼくの顔をのぞき込んだ。

「こんなに近くにいるのに、抱《だ》きしめることができないのが……苦しいな」

ふっとため息をついて、所在なげに花束に視線を落とす。カッコいいよ松村、相手が女の子だったらバッチリ決まるだろう。でもっ、ぼくはダメなんだ！

「なあ松村、おまえ誤解してるよ。たまたま手に入らないからそう思うだけでさ。だいたい、だったら、ぼくなんかよりいい男なんて、他《ほか》にいくらでもいるだろう？　な、思い違いだよ。とにかくこっちはその気ないから、巻き込まないで悪いけど……」

そこまで言ったとき、エレベーターがチーンと音をたてて止まった。

扉《とびら》が左右に開いて、スーパーの袋《ふくろ》を持って降りてきたのは隣《となり》の奥《おく》さんだった。

「いま、抱きつかれたら困るでしょう」

小声で言った松村に、背筋が冷たくなってしまった。

「しませんよ、そんなこと」

彼はぼくから視線を外して囁《ささや》いた。

「あらぁ、ひかるくんこんにちは。お友だちィ？」

「こんにちはー」

ぼくと松村が同時に笑顔で挨拶《あいさつ》する。

じゅん先生と同い年の水島さんは、小柄《こがら》で色白のぽちゃっとしたけっこう可愛《かわい》いタイプだ。少しカールさせたショート・ボブで、くりくりした目をしてるので年齢《ねんれい》より若く見える。ホントは彼女みたいな人が、ぼくの好みのタイプなのだ。

「僕、ひかるくんの後輩の松村です。よろしく」

彼に長身折ってにっこりされると、水島さんだって悪い気はしない。そのうえ——、

「お花は好きですか？」

後ろから、さっきぼくが突《つ》っ返したバラの花束を取り出した。

「えーっ!?」

水島さんは、いかにも高そうな花束に目を丸くしている。

「えーっ、てこれ、貰《もら》い物なんですけど。奥さんキレイだからあげちゃいます。ほんとは持って帰るの面倒《めんどう》だからなんだけど、もらっていただけますか？」

松村は頭を掻《か》きながら照れ笑いをして見せた。

低いけどソフトトーンのよく響《ひび》く声で、なめらかにしゃべるので、声だけでも女性を落とせそうだった。

「えー、こんなおばさんにくれるのー？」

「やだなー、こんなに可愛いのに。おばさんなんて似合いませんよ、二十歳そこそこでしょう？　いまからおばさんなんて言ってちゃダメですよ！」

〝ダメですよ！〟で軽く念押ししてしまうとこなんか、プロの手管《てくだ》を見せつけられたようだ。

若くていい男に、こんなにほめられてバラの花束をプレゼントされたのだ。水島さん、確実に五歳《さい》は若返ったことだろう。これで松村のファンがまたひとり増えてしまった……。

さらに困ったことに、一番奥の部屋からひとり暮らしのおばあちゃんまで出てきて、また、「奥さん、僕ひかるくんの友人の松村です」と世間話を始めてしまった。

おばあちゃんにも、ほめるほめる！　八十歳近くのおばあちゃんが、濁《にご》ってた瞳《ひとみ》を輝《かがや》かせて頬《ほお》を赤らめるほどに…。松村が老人ホームに慰問《いもん》に行ったら、おばあちゃん達の青春が蘇《よみがえ》ることだろう。♥マークが飛び交うに違《ちが》いない。

「じゃあ、ぼくレポートありますんで」

彼《かれ》の徹底《てってい》したフェミニストぶりに感心しながら、逃げるチャンスは今しかないと思った。

この状況《じょうきょう》なら、松村はむこうを向いてふたりを相手にサービスしている。

素早《すばや》くドアを引くと中へ滑《すべ》り込《こ》む。

ロックをしようと手を掛《か》けると、締《し》まらない――…っ!?

〝えええっ!?〟

ドアノブを思いっきり引っ張っているにもかかわらず、ゆっくりとドアが外側に開いていく。

「じゃあ皆《みな》さん、またお会いしましょうね」

松村の愛想のいい声が聞こえて、開いてしまった隙間《すきま》から彼の背中が滑り込んできた。

素早く静かにドアを閉じ、向き直った彼は音をたてないように後ろ手でロックを掛けた。

「あ……」

呆然《ぼうぜん》としてしまう……。

息をするのも忘れてしまった……。

彼の顔からさっきまでの笑みが消え、怒《おこ》ったような苦しげな表情《かお》で唇《くちびる》を嚙《か》んでいる。

頭に何も浮かんでこない。

奥へ走ろうとも思いつかず、ただ彼を見つめていた。

伸《の》びてきた松村の両手に身体を抱きすくめられて、玄関《げんかん》の壁《かべ》に強く背中がぶつかった。

まるで……悪夢《あくむ》のようだ――。

「声出さないで、聞こえるから」

耳元で松村の低い呟《つぶや》きが聞こえる。

ドアのすぐ外からは、まだはしゃいでいる水島さんとおばあちゃんの声が筒抜《つつぬ》けだ。

彼の心臓の鼓動《こどう》が自分の胸の上で脈打っている。それに感染したように自分の脈も速くなっていった。でも、どうしたらいいのか…、もうさっぱりわからない。

「あぁ、たまらない……たまらなく、悔《くや》しい。悔しいよ……」

地団駄《じだんだ》を踏《ふ》むような声で呻《うめ》くと、さらに激しく抱きしめられて踵《かかと》が浮いた。

「ひかる、そんなに僕のこと嫌い？　僕ってそんなに嫌なやつ!?　あぁっ、胸が痛いよ…たまらない痛くて、すごく…苦しい………」

首に頰を強く押し当てられ、彼の苦しそうな呟きを聞きながら、小刻みにぼくの全身が震えてくる。

それが松村のものなのか、自分のものなのか、わからない………。

彼が熱くなればなるほど、ぼくの頭は空白になっていった。すぐ外で聞こえる奥さん達の楽しそうなはしゃぎ声が、まるで異次元の彼方《かなた》のように感じられる。

締めつけられた胸が息苦しくて、頭がズキズキする。

はっきり言って、これは犯罪だ——っ！

頭の中に、じゅん先生と慎一の『厳命』が、風《ふ》に吹かれた看板のようにカラカラと頼《たよ》りなく転がっていく。『松村に近づくな！』と書いてあるはずだ。

——じゃ、抱きつかれたらどうすればいいんだっ!!

ふいに首筋に吸いつかれて、我に返って大声をあげそうになった。

「よせバカ…ッ！　やめろ…！」

うわずった声を、それでも必死に押《お》し殺して、松村の髪《かみ》をひっぱって引き剝《は》がした。

彼の顔が目の前にきて、焦点《しょうてん》のちょっと合ってない目で見られると、ますますマズイ！　と思ってしまう。

「落ちつけ松村っ、頼《たの》む！　キライになるぞ!!」

必死に抑《おさ》えた声で、自分でもわけのわからないことを言っている。

彼が唇を寄せてくるのを顔を振《ふ》って必死に避けると、苛立《いらだ》った松村の掌《てのひら》が、ぼくの頭の後ろを摑《つか》んで強引に引き寄せた。

「……………っ！」

とっさに自分の右手で口を塞《ふさ》ぐ。

その指の上を彼の舌が這《は》い回った。

〝やめてくれぇぇ～っ!!〟

全身が総毛立つ。

松村の息づかいはますます荒《あら》く激しくなる。すでにプッツンきてるらしい彼に、投げられるように横滑りに玄関ホールの床《ゆか》に押し倒《たお》された。

「うっ！」

思いっきり頭と背中を打ちつけて、痛みに噎《む》せ上げてしまう。

じんと痺《しび》れた身体《からだ》にそのまま体重をかけられて、両手首を摑まれて押さえ込まれてしまった。

「好きだ………」

唇に彼の息が触《ふ》れる。

ぼくは体をよじって手首を思いきり上に持ち上げた。足はもう、がっちり組まれてびくともしない。

「好きなんだよっ」

くっと喉《のど》を鳴らすと、松村はめいっぱい体重を掛けてきた。

「ぼくは好きじゃないぞ！」

こんなことする奴《やつ》なんかっ、絶対好きじゃない！

唇を避けて顎《あご》を反らすと首筋を舐《な》め回されてへなへなと力が抜ける。でも、このままおとなしく犯《や》られるのは嫌《いや》だっ！

身体の下から逃《のが》れようとして、ぼくは何度も彼に引きずり戻《もど》された。

手足が動かなくても、どんなに見苦しくても、逃《に》げて逃げて最後の最後まで抵抗《ていこう》してやる！

「ひかる……」

松村はゆっくり肘《ひじ》を伸ばして、上から疲《つか》れ切ったぼくを睨《にら》んでいる。いまとなってはあの笑顔が懐《なつ》かしいくらいだ。

「力ずくで犯してやろうか」

言いながら、ふーっとうなだれて松村は大きく息を吐《は》きだした。ぼくだってギリギリの抵抗はした。松村もかなり疲れただろう。

「…松村やめろっ、さもないと……」

怒鳴《どな》ろうとした途中《とちゅう》で、ぼくも完全に息があがってしまった。

下は不利だ、押さえ込まれた手首を持ち上げようにも力が出ない。

「なに、声出す？　外の奥さん達に男同士のセックスでも見せてやる？」

おとなしくなったぼくに、彼は甘《あま》ったるい声で勝ち誇《ほこ》ったように顔を近づけてきた。

唇を塞がれる寸前に、ぼくは思いっ切り顎を反らして大声をあげた。

「水島さぁ〜んっ、すいませーん‼」

松村がギョッとして目を丸くする。

「なーにぃ、ひかるくん。どしたのー？」

のほほんとした水島さんの声が返ってくる。

「砂糖、切らしちゃったんでっ、貸してもらえますかあーっ！　持ってきていただけると、ありがたいんですがーっ」

頑張《がんば》って平静を装った声が出せた。

つまりは、ちょっと声を上げればドアの外と会話できるくらい筒抜けなのだ。

「いいわよー、待っててねー」

水島さんは嬉《うれ》しそうにそう答えると、足音が小走りで隣の部屋に消えていった。きっとすぐに戻って来てくれる。

ぽかーんと口を開けて、ぼくを見下ろしていた松村は「ハッ」と声を上げると、肩《かた》を揺《ゆ》すって笑いだした。

「水島さんすぐくるぞっ、なんたっておまえがいるからな」

ぼくは精いっぱい虚勢《きよせい》を張った。

彼は「やっ！」と勢いをつけて身体を起こすと、ぼくの腕を掴んでひっぱり上げた。

「手強《てごわ》いなぁ」

すごく嬉しそうな笑顔になる。

玄関のドアに軽く拳《こぶし》を押し当てて松村はぼくを見つめた。

「惚《ほ》れた！　ますます落としたくなったよ」

白い歯を見せてにっこり笑う。

試合の後のスポーツ選手のように、彼は気持ちよさそうに目を細めていた。

水島さんの部屋のドアが開いた音がする。

安堵《あんど》して顔を逸《そ》らしたとたん、松村の手がぼくの顎を掴んで引き寄せた。

——しまったっ！　と思ったときには頬《ほお》に唇の感触《かんしょく》が当たって、舌でさんざん舐《な》め回されてしまった。

「てめっ……！」

手を払いのけて怒鳴りかけたとき、ピンポーンというチャイムの音が大きく響《ひび》いた。

「じゃ、またね」

彼はこちらを向いたままロックを外すと、ぼくの頭をくしゃくしゃと撫で回した。後退ったぼくに、軽くウインクなんぞをして見せる。

「ごちそうさま」

ドアを開いて背中を向けたまま松村は軽く片手を上げた。

その向こうに期待に満ちた水島さんの目と、うっとり潤《うる》んだおばあちゃんの目が並んでいる。

「やあ、奥《おく》さんご苦労さま。僕《ぼく》帰りますけど、ひかるくんをよろしく！」

爽《さわ》やかな声で、たぶん女殺しスマイルを浮《う》かべながら、松村の背中がドアをするりと抜けていった。

「…………」

ハッと気がついて、ぼくは閉じかけたドアをあわてて押し開いた。

無理やり心情と正反対の笑顔を作る。

そして、水島さんにいらない砂糖を借りたうえ、長い長い世間話（主《おも》に松村に関して）に付き合わなければならなかった。

◇◆◇

腕《うで》時計から顔を上げると、大学の正門で慎一が軽く手を上げていた。

バラバラと学生が出入りする中、真っ白なTシャツの彼は、ひときわ背が高くて目立つ。通り過ぎた女の子達が嬉しそうに肘《ひじ》でつつき合っているのに対して、男はあきらかに〝うっ〟という表情で顔を逸らす。

迫力のあるいい男《ハンサム》なんて、ふつうの男にとってはイヤなものなのだ。近くにいるだけで比べられてしまうし、コンプレックスを刺激される。ぼくだって慎一を知らなかったら、見ないフリをして通り過ぎただろう。そう思うと、周りの反応がおかしかった。

「お待たせしました」

慎一のところに走っただけで息切れがして、「体力ないなぁ」と彼に笑われてしまった。

松村に部屋に押しかけられたのを話してから、彼は忙《いそが》しいのに、たびたび迎《むか》えにきてくれるようになった。悪いからと言っても、帰りの時間を約束させられてしまうのだ。

それは、嬉しいのだが――。

「ところで、松村はそのへんにいるか？」

彼は日射《ひざ》しに目を細めて構内《キャンパス》を見回す。

「え、どうして？」

「いたら、おれが話つけてやるよ」

「あ、い、いいですからっ」

笑って拳を持ち上げた慎一に、ぼくは焦《あせ》って胸の前で手を振《ふ》った。

ただでさえ目立つ彼が、やっぱり目立つ松村と構内でケンカを始めたら、冗談《じょうだん》ではすまされない。

『ひかるに近づくな！』と慎一に怒鳴られたら、松村が何を言うか……。へたすれば、もう翌日から学校に顔を出せなくなる。

来年は卒業なので、あと少しだけ平和であってほしいのだ。

「そうだ慎一、夕食の買い物して行きましょう」

松村の姿を捜《さが》している慎一の腕を引っ張って、路上に停めてある彼の車に歩き出した。

「好きなもの作りますから、言ってください」

「そうだなぁ、何がいいかな」

慎一の興味が逸れて、ぼくはホッと胸を撫で下ろした。

アルバイトでレストランの厨房《ちゅうぼう》にもいたことがあるので、ぼくは定食や簡単なデザートなら作れる。外食に飽《あ》きている彼は、あまり凝《こ》ったものをリクエストしないので楽だ。

「今日は和食」

ハンドルに手を置いてそう言った慎一に、ぼくはつい笑ってしまう。

食べ物に関しては、『カレー』や『ハンバーグ』みたいな子どもメニューが好きだったり、けっこう意外なところがある。

ふだん食事も摂《と》らずにビールばっかり飲んでる人だが、ぼくが作ったものを嬉しそうに食べてくれると、つい〝慎一ってカワイイじゃん〟と思ってしまうのだ。

今日は慎一と待ち合わせをして、途中でいろいろ食材を買いこんで帰ってきた。

「そういえば…勝手にキッチン使っちゃってるけど、いいのかな?」

夕食をとったあとキッチンで洗い物をしながら、ぼくは気になって尋《たず》ねた。

「なにが?」

横でコーヒーをカップに注ぐ彼は、こっちを見ずに聞き返す。

「キッチンが使ってあると、彼女が来たとき誤解しない?」

さすがに、ちょっと心配になった。

ぼくが冷蔵庫に調味料や食材を入れたし、食器は彼の好みでふたりぶん揃《そろ》えてある。生活感のなかった慎一の部屋は、ここ数日で一変してしまった。これで色違いの歯ブラシでもあれば、恋人とは大げんか間違いなし。

「もし誤解されたら、ぼくがちゃんと説明しますから…」

彼は苦笑しながら、居間のソファにカップをふたつ持っていく。ぼくは、慎一に呼ばれて隣《となり》に腰《こし》を下ろした。

「…おまえも、変なとこ律儀《りちぎ》だよなぁ」

「だって、慎一なら絶対に彼女いると思うし。もしかしたら、迷惑《めいわく》なことしてるんじゃないかと思って……」

「おいっ、おれはこの部屋に、おまえしか入れてないぞっ」

彼は笑いながら前髪《まえがみ》をかき上げた。

「じゅんは来るけど、あいつの場合は防ぎようがないしな〜。突然《とつぜん》やって来て勝手に荒《あ》らして去ってくし。まぁ、竜巻《トルネード》みたいなもんだな」

「それっ、ひどすぎませんか?」

「でも、言い得て妙《みょう》だろ?」

慎一が自分で先にウケてげらげら笑いだし、じゅん先生に悪いと思いながらも、しまいにふたりでお腹《なか》を抱《かか》えて笑ってしまった。

コーヒーを飲み終わる頃《ころ》には、すっかりくつろいで気楽な気分になっていた。

「じゃあ夕食のお礼にひとつ、おれの〝指〟で遊んでやろう」

慎一がぼくの目の前で指をヒラヒラさせる。

「おれの指がいいんだろ？」

「え…、絵を描《か》いてくれるんですか…⁉」

興奮して尋《き》きながら、彼の振る長い指を、つい左右に目で追ってしまって笑われた。

「なんだよ、やっぱり絵がいいのか〜？　じゃあ原画を見せてやってもいいけどな」

「わあっ、ぜひ！」

嬉しくて頰《ほお》が熱くなってしまう。

「フィンガーテクだけで、メロメロにする自信があるのに」

危ないセリフをさらりと口にしながら、つーっと首筋を指で撫《な》でられて、ぼくは「ひ〜」と声をあげて彼の指を握《にぎ》ってしまった。

「そ、そのテクニックで描いた絵が、見たいんです！」

首を押さえて抗議《こうぎ》する。

ぼくの肩《かた》に腕《うで》を回すと、「特別だぞ」と耳元に囁《ささや》く。真っ赤になって耳を押さえるぼくに、彼はクスクス笑いながらアトリエを指さした。

いつものことだが、セクハラめいたスキンシップをするときの慎一は、すっごく嬉しそう。ぼくが嫌《いや》がれば嫌がるほどエスカレートする。どんなにからかわれても、風見慎一を怒《おこ》るわけにもいかなくて、ぼくは困ってしまうのだ。

彼の仕事場《アトリエ》では、この間の火星の風景と迫力《はくりょく》ある恐竜《きょうりゅう》が出迎《でむか》えてくれた。

ここに入るのは二度目だ。あらためて部屋で落ち着いて息を吸い込むと、紙や本、彼のタバコの匂《にお》いがした。あとは油かベンジンのような独特の香《かお》りがする。

改めて〝ほう…〟とため息が漏《も》れた。ここはファンには憧《あこが》れの風見慎一の『聖域』なんだ。

「おまえは、どんな絵が好きなんだ？」

慎一が幅広の引出しを開けながら尋《たず》ねる。

「一枚だけ見せてやるよ」

――全部っ！　と言いかけたぼくは、拳《こぶし》を握ってぐっとこらえた。

「一枚…？」

「なんだ不満なのか？」

眉《まゆ》をひそめた慎一に、ぼくは大きく首を振《ふ》った。

「いえ、見たいですっ」

身を乗り出したぼくに、彼はふふんという表情で笑う。

「部屋に来るたびに見せてやるから、通ってこい」

「はい！」

「おれが原画をやるって言ったとき、自分から断って残念だったろ？」

「あのときは…っ。だって、あれ冗談《じょうだん》でしょう？」

つい不満そうな声をあげてしまった。

だいたいあのとき、慎一はぼくを騙《だま》して連れてきたんだ。

怒って断ったけど、新作含めて全部くれるってのも、愛人契約《けいやく》も、絶対に本気だったとは思えない。

「本気だって言ったらどうする？　いまなら条件を呑《の》むか？」

スッと目を細めた慎一に、ぼくは意図が摑《つか》めずにドギマギしてしまった。

「…通わせてもらいます」

まじめに頭を下げたぼくに、「おまえって、っとに欲がないよなぁ…」と、彼は大げさに苦笑して肩をすくめた。

「え…と、慎一の絵なら、なんでも好きだけど…とくに海と宇宙が好きなんです」

「海ねぇ」

彼は顎《あご》に手を持っていって、ちょっと考え込んだ。

――全部好きですーっ！　と、ぼくは心の中でもう一度叫《さけ》んでしまった。

「むかしの一枚見るか？　海だぜ、高校ん時のやつだから、ちょっとタッチ荒《あら》いけどな」

「ホント、見たい！　十年近く前の作品って、もちろん未発表だよね？」

慎一が頷《うなず》いて、ぼくは〝はぁ〜〟と幸せのため息をついた。イラスト集にも載《の》ってない絵が見られるなんて……。まじめに生きてると、こういうこともあるんだなぁ。

「これだよ」

大判のスケッチブックから薄《うす》っぺらい紙を引き抜《ぬ》くと、慎一は製図台の真ん中にまっすぐに置いた。目に鮮《あざ》やかなダークブルーが飛び込んでくる。満月の海を航海する帆船《はんせん》だ。冴々《さえざえ》とした青い月に映し出された夜の波間。白っぽい船の軌跡《きせき》が続く……。たしかに荒い、ただのケント紙に、ポスターカラーで描いたものだ。プロのレベルからすれば、まだ稚拙《ちせつ》とさえいえる絵なんだろう、たぶん。

──でも、これは……これは……──。

喉《のど》がぎゅっとしまるような、切ない苦しい感じ………。この一枚は、ぼくのむかしの心象風景を蘇《よみがえ》らせる。

もう通り過ぎてしまった記憶《きおく》だけの過去だ。

なんにでも傷ついてしまう脆《もろ》い自分が嫌《きら》いだった。やり切れなくて、わけもわからずに虚《むな》しくて、理由も不明確で胸だけが痛む。

ただの反抗期だったんだと、いまでは思うのに…その頃の悔《くや》しさや苛立《いらだ》ちが胸に溢《あふ》れてくる……。まるで光の見えない、真っ暗なトンネルにいるみたいだった。人生の残りの永さに目眩《めまい》がして、息が詰《つ》まりそうだった。

　──ここは静かで、安らかな場所だ………。

　透明な水に、深い青インクを垂らしたような、冷たい孤独《こどく》の空間。自分と月光と波間の暗さを、ただ見つめるだけの航海。

　自分を見つめ直す時間が必要だったぼくは、きっとこの船に乗りたかったんだ。

　とん……、と背中を押されたように涙《なみだ》がこぼれる。

　たった一枚の絵なのに……。むかしの、あの頃《ころ》の自分の感情を、ここまで引きずり出されるとは思わなかった………。

〝あぁ、だめだ………〟

　激しい感情の波に翻弄《ほんろう》されて、こらえても肩が震《ふる》えてくる。うつむくと開いたままの目から、ぽたぽたと熱いものが床《ゆか》に落ちてしまう。ぼくは目を覆《おお》うこともできずに、成す術《すべ》もなくそれを見つめていた。

　後ろから彼の掌《て》が伸《の》びて、机の脇《わき》に置いてある白いタオルを持ち上げる。その掌がゆっくり戻《もど》ってきて視界を塞《ふさ》ぐまで、ぼくは滲《にじ》んだ視界で、ぼんやりとそれを眺《なが》めていた。大きな掌から熱さが伝わってくる。

　しばらくたって、ぼくが自分でタオルを持つまで、彼は後ろから抱きしめてぼくの目元を押さえていた。

視界が白く塞がっている間、スケッチブックをめくる音がした。そっと顔からタオルを外すと、机の上にもう一枚絵が重ねてあった。

スケッチブックを破っただけの、クロッキーに水彩《すいさい》をほどこしたそれは、〝港〟だ……。

薄いオレンジとイエロー。果実をつけた木々や明るい花々が咲きほこっている。暖かそうな南の島の風景だった。小さな桟橋《さんばし》に待つ人も、そして入港する舟に乗っているのも、ひとり。

たぶん、どちらも微笑《ほほえ》んでいるんだろう。

「…うん」

ぼくは、頷いた。胸の内側がお湯を注がれたように温かくなる。

——ひとりで、いいよね……。

盛大な出迎えなんかいらない。待っててくれる人は、大切な人ひとりだけで充分《じゅうぶん》だ。

全身の緊張《きんちょう》が解けていく。気持ちよく汗《あせ》をかいた後のように、ぼくは〝ふ〜っ〟と緩《ゆる》く息を吐《は》き出した。

暗くて寂《さび》しい航海が終わって、暖かい港に着いてホッとすることができた。

後ろから、そっと抱きしめている彼の腕の温《ぬく》もりが心地いい。ぼくは彼の胸に頭をもたれて、夢見心地の幸せにたゆたってしまった。

まるで彼の絵の世界に入り込んで優しく抱《いだ》かれているような、そんな気分だった。

「落ち着いたみたいだな」

頭の後ろから優しい声が聞こえて、ぼくは夢《ゆめ》から覚めたように目を瞬《またた》いた。

「気に入ったか？」

まじめな声で聞かれて、こくんと素直に頷いていた。

「すごく…いい。感動しました」

「おれは、おまえに感動したよ。自分じゃ気に入ってるけど、古いやつだからなぁ。高校んときの絵を見て、泣いてくれるとは思わなかった…」

彼に嬉《うれ》しそうに言われて頰が熱くなる。感動のあと、うっとりと余韻《よいん》に浸《ひた》っていて、どのくらい時間が経《た》ったのかわからない。

タオルで目頭を押さえてくれた彼を思い出し、彼の腕を抱きかかえている自分に気づいて、急にカーッと耳まで熱くなる。どうにも恥《は》ずかしくてジタバタしてしまった。

――はぁっ…、まいったなぁ……！

ごまかすように赤い顔をタオルで擦《こす》る。口に当てて息を吸い込むと、タオルからは絵具の匂《にお》いがした。あれ？　と顔から離《はな》すと、白いタオル地に薄《うす》く色々な色が付いていた。

「これ…筆とか拭《ふ》くタオルじゃないですか？」

「ああ、ちょうど近くにあったから～」

振り返ってタオルを拡《ひろ》げると、彼は鼻の頭を掻《か》いて笑う。それが、あまりに慎一らしくて、ぼくはどっと肩の力が抜けてしまった。

「もうっ、ほんっとに、慎一らしいなぁ……」

笑ってしまったぼくに、彼《かれ》も楽しそうな笑みを浮《う》かべる。

「でも、そんなおれが好きだろ？」

ふいに、こそっと耳元で囁《ささや》かれ、「……ぁ…ッ」とマズイ声が漏れた。

「好きだろ？」

「ぁ…あっ、ちょっ！」

うなじにキスされて、ぼくは彼の腕を掴んだまま前屈《まえかが》みになって首をすくめた。

「す、好きだから、やめ、やめてくださいっ！」

くすくす笑いながら首筋に口づける彼に、ぼくはヤケクソぎみの大声をあげていた。

◇◆◇

「なかなか、いいんじゃない」

十月の後半、編集部のデスクで原稿を束ねると、大野編集長は〝うんうん〟と頷いた。ぼくの初めてのボーイズものはどうやらＯＫのようだ。

「けっこうドタバタするけど、テンポがよくていいね。特にこの勝村くん？」

心臓にズキッとくる。

「きみのキャラの中では、一番押《お》しが強いんじゃない？」

「そ、そうですね……」

ニコニコしている編集長に、ぼくは強張《こわば》った顔で笑い返した。

「ホント、押しが強くって……」

〝困ってるんです〟と言いそうになった。

じつは今回の新作、松村も慎一もキャラとして存分に使わせてもらった。そういう意味では松村は役に立っているのだが……。

「とにかく、来年は風見先生とのコンビで仕事だから、彼とも充分《じゅうぶん》コンタクト取っといてね。期待してるから」

編集長はしごくごきげんだ。

「それと…、年明けたら風見先生の接待かねて『対談』したいんだけど、彼にもスケジュール聞いといてもらえる？」

大野さんが、ちょっとすまなそうに言う。

編集長も〝彼〟の件だけは、なにかと気を使っているのがわかる。彼が仕事を受けてくれた日は、みんなでお祝いに飲みに行ったそうだ。やっぱり慎一ってすごいんだな～、と改めて感心した。ぼくが編集部の人間だったら、間違《まちが》いなく昇進したことだろう。

「はい、聞いておきます」

〃じゃあ〃とぼくが帰ろうとすると、大野さんが後ろから呼び止めた。

「ところで、きみとしてはさ」

「はい？」

いつもの口調に戻《もど》った大野さんに、ぼくは気軽に振り返った。

「勝村くんと秀一くんと、この先どっちに落ちるつもりなの？」

思わずぎょっとする。

「まだ、考えてません……」

「ふうん」

大野さんはちょっと口の端を持ち上げて顎《あご》を撫《な》でた。

彼はストーリー展開について聞いただけかもしれない。

でも…っ、もしかして大野さん、何か知ってるんじゃないだろうか………？

「逃《に》げてるだけじゃ読者、納得しないから」

〃それだけ覚えといてね〃と、彼に有無を言わせぬ笑顔で見送られてしまった。

その後《ご》、ぼくの実生活は、ほとんど毎日のように松村に振り回されている。

食堂、図書館、茶店《きてん》、レンタルショップ。なぜか行く先々で待っていて、人目の多い所で「せんぱーい！」と明るく肩《かた》を組んでくる。

はじめのうちは、踵《きびす》を返して全力疾走《しっそう》で逃げた。でも、コンパスの差ですぐ追いつかれる。

勘《かん》がいいというか、よくぼくの行動パターン読んでるなと逆に感心させられてしまった。ホント押しの強い奴《やつ》だ！　けして、その場でズルズルしつこくはしないが、いい加減うんざりする。

ぼくが誰《だれ》かと一緒《いっしょ》でも松村には関係ないらしく、その場にいるみんなに自己紹介してしまう。

そのたび、いちいち本気で怒鳴《どな》ってたんじゃ、こっちの身が持たない。

愛想のいい後輩《こうはい》に対して、そっけなく最低限の受け答えをするぼくは、周りになんと思われていることか……。

でも問題は学校より自宅なんだ。

松村が部屋に訪ねてきても、もちろんチャイムをシカトする。

すると、隣近所の奥さま方が「あら～、松村さんじゃない～♥」と出てきて、ぼくの部屋の前で集まってしまう。

「ひかるくん、さっき帰ったからいるはずよ～」

「じゃあ、もうちょっと呼んでみようかな」

って会話が聞こえて、〝なんだなんだ、何かあったのか？〟と男の人達まで集まってきて、ぼくは歯ぎしりして出てくのだ！

「ごめん、眠《ねむ》ってたんで。松村行こう」

松村の腕を引ったくって歩き出す。

「じゃあ皆《みな》さん、お休みなさい」

にっこり手を上げる松村に、五階の住人の盛大な見送り付き。

この上こいつに『僕はひかるくんを愛してます！』とでもやられた日には、部屋を出てくしかないじゃないか……。

『おれだったら、人目を気にせず殴《なぐ》るぞ！』

前に慎一にそう言われたけど、ぼくだってそのくらいはしたのだ。

一度カッとして、深夜の路上で殴りつけてしまった。もうどうにもイライラして、手加減なしでだ。

なのに、走ってきた警官に松村の方が謝る。

「いいです、悪いの僕ですから」

何度も警官に頭を下げる。

口の中を切って、瞼《まぶた》も腫《は》れて出血がひどい。それでも松村はまったく抵抗《ていこう》せず、ぼくの腕を離《はな》そうともしなかったのだ。

けっきょく血だらけの彼を見て、初めて正気に戻ってから「ごめん」と謝ったのはこっちの方だ。人を思いきり拳で殴った自分が信じられなかった。

「君ね、この人ちゃんと医者へ連れてきなさいよ」

警官にさんざん説教されて、その夜、ぼくは彼を病院の夜間救急に連れていった。傷は残らないだろうと医者に説明されて、少し安心する。

治療が終わったあと、痛そうなのに嬉《うれ》しそうな松村と並んで、薬を出されるのを待っていた。

「嬉しいなぁ」

しんとした薄暗《うすぐら》い病院の廊下《ろうか》に声が響《ひび》く。

堅い長イスに座りながら、松村はさっきからそんなことを呟《つぶや》いていた。

「きみと一緒にいられて……幸せだ」

「あ、そう」

悪いけど「ぼくも」とは言ってやれない。精神的に追いつめられたってのもあるけど、無抵抗のやつを殴ってケガをさせてしまった自己嫌悪が重くのしかかる。

看護婦さんに呼ばれ、ぼくは受付で薬をもらった。戻っていくと、彼はうずくまって両手で頭を抱《かか》えていた。

「大丈夫《だいじょうぶ》か？　痛い……？」

顔をのぞき込《こ》みながら、少し良心が痛む。

こいつが女の子だったらよかったのに……。

たとえ身長百八十センチの女の子でも、ぼくはちゃんと付き合っただろう……。

「すごく痛いよ……」

顔を押さえてる掌《てのひら》の間から、ぼくを見つめる。

ところどころひどく腫れあがって、右目の上の白いガーゼが痛々しい。

「痛いから、手を握《にぎ》らせて」

「はぁ～？」

思わず苦笑が漏《も》れた。

松村は拗《す》ねたように口を尖《とが》らせている。ここでこいつとケンカする気にはなれない。

「ほら」

掌を差し出すと、いきなり握手してくる。

これでは子どもと変わらないよ。

「やっと手を握らせてくれた」

ぼくの手を自分の頬《ほお》に押し当てて、嬉しそうにニコニコしている。人気《ひとけ》のない夜の病院で、
ぼくはいったい何してるんだろう……。

「お腹減ったから、ごはん食べに行こうか」

少しも悪びれずに松村が言った。

なんとなく躊躇《ちゅうちょ》するぼくに、

「痛いな、ここ」

自分の瞼を指さして笑う。

「痛いから付き合ってよ。ひかるくん今日は僕に優しくしてくれなきゃね」

「う〜ん」

さんざん無抵抗の奴を殴ったのだ。それはやはり悪かったと思っている。

「ついでにホテル行っちゃおうか？」

「図に乗るなっ」

松村は小さく吹《ふ》き出した。ぼくもなんとなく失笑してしまう。

なんだかんだ言っても、こいつって、まだぜんぜんガキなんじゃないだろうか…？

「じゃ、ぼくがおごるから」

もう午前一時を過ぎていて、しかたなく近くの二十四時間営業のファミリーレストランに行った。ホテルのレストランと比べて格差があるのはしょうがない。

「なんでも頼《たの》んでいいよ」

たしかにそう言ったけど、本当になんでも頼むのにはア然としてしまった。

いちばん高いステーキや、ピザやスパゲッティ。サラダにデザートのパフェなどなど…。

「食べられるの、それ？」

テーブルの上の品数を見て心配になる。

「もう、腹へっちゃって～」

情けない声を出すと、松村は片肘《かたひじ》をついて食べはじめた。『アンブル』の時とは打って変わって、行儀《ぎょうぎ》が悪い子どものようだ。

これがこいつの地なんだろうか？　らしいと言えば、らしいような……混乱してきた。

「食べないと食べちゃうよ」

ぼくの皿までつついてくる。

「やるよ」

周りの人が振《ふ》り返るほど顔が腫れてるのに、ぜんっぜん気にする様子がない。彼はみるみる皿をたいらげていった。

「いちばん食べたいものがないな」

「はぁ、どうぞ」

あきれてメニューを渡《わた》そうとすると、フォークで押し戻された。

「ひかるくん」

「うん？」

「きみ」

ピタッと、フォークを顔の前に突《つ》きつけられる。

「きみが食べたい」

平然と言う松村に、かあぁぁ〜っと顔が熱くなった。首がむず痒《がゆ》くなって、ジンマシンが出そうだ。

「そゆこと言って、おまえ恥《は》ずかしくないか〜？」

ぼくは恥ずかしいぞ〜っ！　外へ飛び出していきたいくらいだ……。

頼むからいまのセリフは冗談《じょうだん》にしてくれー！

「なーんてね」

松村は口の端《はし》を持ち上げると、肘をついたまま指でフォークをもてあそんでいる。

「本気《マジ》だよ」

カチッと音がして、フォークを置いた彼にじっと見据《みす》えられた。

「松村ぁ……」

「恥ずかしいことも、バカなことも、マジだからできちゃうさ。もう僕《ぼく》、ここに余裕《よゆう》ないから
……」

握った拳《こぶし》で軽く自分の胸を叩《たた》いている。

「初めて本気で人を好きになったからさ……。こんなに胸がつかえて、痛いものだとは知ら

なかったよ」

彼はちょっと赤くなって、ふいっと視線を外した。拳を唇に押し当てて、うつむき加減に暗い窓の向こうをじっと見つめる。

そんな松村の真剣《しんけん》さに気圧《けお》されたぼくは、なんと言えばいいのかわからずにいる。

コーヒーを口に運びながら、暗い窓ガラスをぼんやり眺《なが》めた。どこか別の世界のように店内の風景がくっきりと映っている。ガラスに映ったぼくも、考え込んで困った顔をしていた。

「ひかるくん」

ふと見ると、ガラスに映った松村がぼくに手を振っていた。

「難しい顔してるね」

「あたりまえだ」

正面に向き直った松村の方が渋《しぶ》い顔をしていた。

気分が重くなってため息も出ない。

「ただ付き合うのも嫌《いや》かな」

ぽつりと呟く。

「ちょっと……」

松村が恋愛《れんあい》として考える以上、それはぜったい無理だと思う。

「男同士だから？　ひとりの人間としては見てもらえない？」

彼は両肘ついて指を組んだ上に顎《あご》を乗せている。

優しく目を細めて見つめられると、〝おまえが男だから嫌《きら》いだ〟とは答えにくい。いい奴《やつ》だとは思うけど……けど。

「僕は、本当にきみが好きだよ」

彼に静かな目で微笑《ほほえ》まれて、ぼくはちょっと視線を落とした。

「……ごめん、悪いけど応《こた》えられな――」

――い。と言う前に、ゴトンと目の前にチョコレートパフェが置かれた。続いて「お待たせしました」という声が聞こえたとき、ぼくの身体《からだ》は一瞬《いっしゅん》にしてカチーンと硬直《こうちょく》してしまった！

ミニスカートの足が視界の端で動いて、松村の前にもパフェが置かれる。

「どうぞごゆっくり」

抑揚《よくよう》のないウエイトレスの言葉の語尾《ごび》が、微《かす》かにヒクヒクと震《ふる》えていた。

彼女の足が視界から去ったとたん、ぼくはバッと振り返って窓ガラスを凝視《ぎょうし》する。ガラスには、笑いをかみ殺しながら歩いていく彼女の姿が映っていた。

〝――ああああぁぁぁぁ…………………っ!!〟

ざっぱ〜〜んっ！　と大波が断崖絶壁《だんがいぜっぺき》に砕《くだ》け散る。

できることなら、いますぐ崖から飛び下りたいっ!!

『ホモの痴話喧嘩《ちわげんか》のあとの別れ話』という見出しが、頼みもしないのに頭に浮《う》かんでくる。ザアァーッと血の気が引いたうえ、ドオォーッと冷や汗《あせ》が出てきた。

混乱するぼくの前で、いきなり松村が力いっぱい吹き出した。

「サイッコーッ！　きみってすごくいいっ、好きだな。もうっ、たまんなく好きだよ〜っ!!」

大笑いしながら膝《ひざ》を叩いている。

「ななっ、きさまーっ！」

——やられたっ！　あれは演技だったのか!!

「待って待って、ごめんごめんっ」

立ち上がりかけたぼくを制して、松村は喉《のど》を押《お》さえながら笑いを収めた。

「いやっ、彼女《かのじょ》さっきからくるタイミングうかがってたから、何かしなくちゃと思って」

「おまえはお笑い芸人かっ!?　どーしてくれるんだっ、もう完全に誤解されたじゃないか!!」

「大丈夫、大丈夫」

松村は余裕で手をあげた。

「おねーさん、おねーさーん！」

「お、おいっ、松村!?」

さっきの女の子が向こうで見ている。

「さっきのジョークだからねー。ほんとだよー、かれ怒《おこ》るから信じてねー」

遠くにいる彼女に手を振りながら大声をあげる。

すぐ周りには人はいないが、店内の客は一斉《いっせい》にこちらを振り向いた。ウエイトレスの彼女は、向こうで笑いながら軽く手を振っている。

「なんなら、ここ呼んで説明しようか？」

「もういい……」

――あきれた………。

「この前のお返しだよ」

松村はあっさり言ってパフェをつついている。

「砂糖を貸してくれた水島さんによろしくね」

巨大な生クリームを飲み下して、松村はニヤッと笑った。

「負けた……」

「じゃ、パフェを食べちゃおう」

ガックリ肩《かた》を落としたぼくに、彼《かれ》はいたずらっ子のように手招きする。なんとなくテーブルに身を乗り出して耳を寄せた。

「きみを食べるのは、また今度ということで……」

囁《ささや》いた松村の頭に、ぼくは反射的にゲンコツを落とした。

「いったーっ！　いけど、好きだよ」

「おまえというヤツはあぁ〜」

頭を押さえて笑う彼に、すっかり呆《あき》れてしまった。

もう真剣に怒る気にもならない。なんつーキャラクターだ〝勝村〟くん。

「迷惑《めいわく》かけるね」

「ホントだっ！」

「これからも、よろしくね」

「こらこらこら」

もうすっかりなつかれて完全にお手上げ状態だ。

言ってることも、どこまで本気なのかサッパリわからない。もう、ぼくが何を言ってもムダな気がする。

「ちょっと」

と松村が席を立った。トイレにでも行くんだろうと気にもとめなかったが、少しして店の入口で「ひかるくーん」と呼んでいる。

「僕、帰るからおやすみー」

きげんよく手を振る松村に、ぼくも振り返りながら手を上げた。

「やけにアッサリしているじゃないか……？」

ひとりで残されて首をかしげる。

目の前のチョコレートパフェはすっかり溶《と》けてしまっていた。

あきらめて帰ろうとするとレシートがなくて、レジで「代金は先にいただいてます」とウエイトレスににっこりされた。

〝やられた……〟

そうだ松村って、借りは返しても貸しは付けとく奴なのかもしれない。

付けとくだけならいいけど、ある日ドーンと精算を迫《せま》られなきゃいいけどなぁ……。

◇◆◇

「やるなー、松村くん」

じゅん先生はなかば呆れ、なかば感心して唸《うな》った。

髪《かみ》を下ろした彼女は、今日はボディラインのはっきりしたブルーのワンピースだ。

「おもしろい」

慎一の部屋でソファに足を組み、腕《うで》まで組んでニヤニヤ笑っている。本当におもしろがっているらしい……。

「感心しないでくださいよ、毎日部屋に帰るの怖《こわ》いんだから」

「こりゃ〜、早期決戦しかないなぁ」

じゅん先生がひとりで頷《うなず》く。

みんなの仕事がそれぞれ一段落した頃《ころ》だ。ぼくはともかく彼らはけっこうな売れっ子だから、そうそういつもヒマじゃない。

「だから、おれが話つけてやるって言っただろ？」

フロ上がりのビールを飲みながら、キッチンカウンターのイスで慎一が振り返った。

「そうなんですけど…やっぱり迷惑かけるし、自分でなんとかしようと思って……」

「なんとかできねーだろ！　おまえより松村のほうが絶対上手《うわて》だ。おれに任せろよ」

彼は自信ありげに親指で自分の胸を指す。それはすっごくありがたい申し出だった。

引《ひ》っ越《こ》すにもバイトをやめた矢先でちょっと苦しいのだ。

「ホントに頼《たの》んでいいですか？」

「おう」

きげんよく返事をしてくれる。

「すいません、お願いします」

そこでじゅん先生が「よーし！」と手を打つ。

「じゃ慎一、あんたいまからひかるの『彼氏』になりなさい」

「彼氏？」

彼は『ふ〜ん』という顔をしたが、特に反論はなさそうだ。

「でも、じゅん先生、それってよけいまずくないですか？」

「あ〜ら、なに言ってんの、〃友人〃だって出てったって『恋愛《れんあい》は自由だ』って言われりゃそれまでじゃん。殴《なぐ》ったってムダそうだし、相手はプライド捨ててるから恐《こわ》いよー！　男には男さっ」

「アテにならないなぁ」

ぼくは小声でぼやいてしまい、じゅん先生はひとりでうきうきと作戦を練り始めた。ときどきチラッとぼくの方を眺《なが》める。

「ひかる、松村にほだされて落ちる気ある？」

「え、ないですっ、冗談《じょうだん》じゃない！」

「じゃ、慎一を彼氏にしなさいね」

困って慎一を見ると、彼はビールを軽く上げて〃よろしく〃のポーズを取った。

「抱《だ》き合ってみな」

「よーし」

慎一は素早《すばや》くぼくの後ろに回って、がっしりした腕を巻き付ける。

「い、痛ーい、痛ーいっ！」

「ヘッドロックかけてんじゃないわよ！」

じゅん先生が怒り出し、しかたなく今度はちゃんと向かい合う。

両手を拡げられると照れくさいが、さすがに相手がノーマルだと男の胸でも安心する。

「慎一の身体があったかい」

「おまえも身体が冷えてて気持ちいいぞ」

「あ、Tシャツにスクリーントーンが……」

ぼくが黒っぽいシートのかけらを剝《は》がしていると、彼女が後ろで怒っていた。

「色気な〜い！　セリフを言いなさい!!」

「セリフぅ？　脚本あるのかぁー？」

ぼくの頭に顎《あご》を乗っけて、だらけた慎一がゆらゆら揺《ゆ》れている。

彼はこういうスキンシップがすごく好きだ。じゅん先生の前では、まだマシなほうで、部屋でふたりっきりだとニヤニヤ笑って肩を抱き寄せる。

最初は逃《に》げ腰《ごし》になったぼくも、過剰《かじょう》に反応するとよけい喜ばれてしまうのがわかった。からかうのは彼の本能《クセ》みたいなもんだと自分に言い聞かせて、あまり気にしないように努めている。

「じゅん先生、たとえばどんなセリフ？」

慎一の体重を支えながらぼくは尋《たず》ねた。

「んなもんアドリブだって！　ひかる、あんた小説家でしょ」

突然《とつぜん》言われても……。

慎一はぼくの左手を軽く持ち上げると、ハミングしながらダンスのステップを踏《ふ》み始めた。一緒《いっしょ》にステップを踏みながら上を見上げると、慎一はにっこりと〝彼氏〟の顔で笑う。

「好きだぜ、ひかる」

「ぼくも」

シリアスに調子を合わせてみる。

「今夜は帰りたくない（松村がくるし）」

「泊《と》まってけよ」

演技とはいえ、あま〜い声で囁かれて見つめられると、なんだか無性にくすぐったい気分になる。

「キスしようか」

調子に乗った慎一のセリフに、じゅん先生が「キャーッ、やった〜♥」と大げさに拍手《はくしゅ》した。

「え・えー？」

慎一が目を細めてぼくの顎を持ち上げた。

ふっと目の前で微笑《ほほえ》まれて一瞬心臓が跳《は》ね上がった。間近で見ると慎一の切れ長で涼《すず》しげな瞳《ひとみ》は色気がある。俗にいう男の色気というやつだ。それを知っている彼は、流し目が得意なので困りもの。

「おまえって、紅茶色のきれいな瞳《め》だなあ」

逆に慎一に言われてしまった。

「慎一も性格以外、全部いい男だと思う」

「言ったな」

おでこを〝とん〟とつけた時点でぐぐっと押し合いになった。これではデコ相撲《ずもう》だ。

ガツンッ、ガッツンとじゅん先生のゲンコツが飛んできた。

「ふたりで歯を食いしばるなっ！　あんたらねーっ、バレるだろっ、それじゃっ！」

「やっぱ、ちょっと計画に無理がありますよ、じゅん先生……」

「じゅん、おまえは自分の趣味《しゅみ》だけで言ってるだろ！」

慎一も頭を押さえて抗議《こうぎ》する。

じゅん先生はそれをゲンコツで却下した。

「やるっきゃないっ！」


翌日から、慎一は狭《せま》いぼくの部屋に泊まり込んでくれている。

彼はわざわざスケジュールを調整して、ぼくのために時間を作ってくれたのだ。ホントに感謝の言葉もない。しかし、『ふたりでいるときは、なるべく恋人同士の練習しなさい！』ってじゅん先生の厳命付きだ。

ぼくがパソコンでレポートを作成していると、ベッドで車の雑誌を読んでる彼が手を振《ふ》る。

「お〜い、ひかるー愛してるぞー」

「ぼくもー」

「コーヒーなー」

練習とはこんなもんだ。

持っていったコーヒーを飲み終えると、慎一がまた手招《てまね》きする。

「どれ、褒美《ほうび》に可愛《かわい》がってやろう」

殿様《とのさま》口調の彼にぐいっと手首を掴《つか》まれ、ベッドの上に押《お》し倒《たお》された。

「あっ、やめっ！」

——ててててて……っ！　『アキレス腱《けん》固め』をかけられ、じたばたのたうち回る。

「殿様ロープブレイクですっ、ブレイクッ！」

慎一がふっふっふと足を解《ほど》くと、今度はぼくが『足四の字だぁーっ！』と固めてしまう。

「うぐぐ、なんとっ、腰元の逆襲《ぎゃくしゅう》っ！」

殿様はベッドをバンバン叩《たた》いている。技が決まると、体格差や強さに関係なく痛いので面白《おもしろ》い。殿様だって痛い。

「ばかーっ、おまえは、おれのこと愛してないのか〜〜っ!!」

「大好きーっ♥」

「ブレイク、ブレイク！」

　ふいにピンポーンというチャイムの音。

「来た、松村」

　ぼくは慎一の足を外してベッドから起き上がった。

「おれが出る」

　彼はぼくを制すると、そのまま玄関《げんかん》に歩いていった。

　玄関とは、薄《うす》いドア一枚で隔《へだ》たっている。カシンとロックを外す音に続いて、

「こんばんは。ええ、はい友人です。わざわざどうも……」

　と言う慎一の柔《やわ》らかい口調。

　不思議に思って玄関をのぞくと、お隣《となり》の水島さんが嬉《うれ》しそうに彼と話をしていた。

「ひかるくんにおすそわけ。一緒に食べてね」

「あ、どうもありがとうございます」

　慎一はラップした皿を受け取って愛想よく礼を言う。こんなまじめな笑顔の彼を、ぼくは見たことがない。先に慎一が奥《おく》に引っ込むと水島さんは興奮してぼくの腕をひっぱった。

「ちょっとー、ひかるくん。お友達いい男ばっかりじゃないー？」

「バイトの関係なんです。水島さん、ぼくもその『いい男』の中に入ってます？」

あははは〜、と彼女《かのじょ》は軽やかに笑った。

「ひかるくんは『美少年』よ。それにしても、この間の松村さんもすっごくステキだけど、今日の彼氏《かれし》も、うーんカッコイイわー、理想のタイプよぉ。目の保養させてもらっちゃったわぁ」

『美少年』と言われてしまって、ちょっと悔《くや》しい。でも水島さん可愛いから許してしまおう。

「慎一〜っ」

「なんだ？」

「お隣の水島さん、慎一のこと理想のタイプだって」

戻《もど》ってきた彼に言ってみた。

「やだ〜っ、ひかるくんー」

水島さんは、あわててぼくの腕を摑んで振り回した。

「え、そりゃ光栄だなぁ。おれも奥さんみたいな可愛いタイプ好みだよ」

にっこりスマイルの彼に、水島さんは「キャ〜ッ♥」と声をあげて真っ赤になった。

〝憧《あこが》れのスターに会えたわ〜っ！〟みたいな喜びようだ。それが慎一に向けられたものでも、可愛いなあと思ってしまう。

「奥さんの手料理食べられるなんて幸せだな、いいね旦那《だんな》さん。うらやましいよ」

「やーん、そんなぁー」

〝ああ〜？〟

慎一って、もしかして……松村同様のたらしなんじゃないだろうか⁉

そういえば彼が他人にこんなふうに接するのを初めて見た。ぼくやじゅん先生とか、編集部の人達と話してるときとも、ぜんぜん表情《かお》が違《ちが》う。相手に警戒心《けいかいしん》を抱《いだ》かせない男っぽい笑顔。

これならたぶんおばあちゃんもいちころだ（それってまずいか、お年だし……）。こっちはコンプレックスを刺激《しげき》されて性格歪《ゆが》みそうだ。

「この女ったらし……」

水島さんが帰ったあと、ぼくは思わずぼそっと呟《つぶや》いてしまった。

「おまえ、なー。隣の奥さんに『ひかるくんの友達は不愛想でやな奴《やつ》』って思われたいか？愛するおまえのために笑ってやってんだぞ！」

後ろから慎一の手が回ってきて、ヘッドロックを掛《か》けられた。

「あぁ、ごめん。ブレイクブレイク」

ピーッという音がして炊飯器《すいはんき》のご飯が炊《た》きあがり、ぼくらはその晩ありがたく水島さんの『チキンの唐揚《からあ》げカレー味』をたいらげた。

食後のコーヒーを飲みながら、久しぶりにテレビを観ている。ぼくは、ふだんあまりテレビをつけない。仕事をしているとエンドレスでかけている音楽すら聴《き》こえなくなるのだ。集中するせいか、すべての音が不要な雑音としてカットされてしまうらしい。

「今日はこないかもな」

ぼくの肩に腕をもたれた慎一が、あくびをしながら呟く。

「そうですね」

もう夜の九時を回っている。松村だってそうそうヒマなわけじゃないだろう。

「じゃあ一緒に寝るか、おまえのベッドは狭いけどな」

「ベッドは慎一が使ってください。ぼく、まだレポートとか、やることいっぱいあるんで」

「つれないなぁ。おれは、おまえの恋人だろ？」

彼は自分を指さしてにっこり笑う。

「はいっ」と、つられて返事してしまうくらい、いい笑顔だ。

「恋人同士で、いいことしようぜ」

ぼくの首に片腕を絡《から》めて慎一が囁《ささや》く。首をすくめて耳を押さえたぼくは、彼に笑われてしまった。この低くてよく響く声は、けっこう鳥肌《とりはだ》ものだ。耳元でひそひそ囁かれると、心臓がバクバクして、グラッときそうで…なんだかマズイ気分になる。

「もうっ、からかわないでくださいよっ」

照れ隠しに慎一の胸を押すと、彼は少し首をかしげてスッと目を細める。

それがまた意味不明の微笑みで、次に口を開いたときも、まじめなのか、ふざけているのかサッパリわからないのだ。

「ひかる」

目の前の彼に名前を呼ばれて、ぼくは目を瞬《しばた》いた。

「慎一…」

ぼくは先に両手で彼の手をぎゅっと握りしめた。

「プラトニックな恋人同士って設定で、お願いします」

「ああ、わかった」

まじめに見上げたとき、つんと唇が触れてきて思いきり動揺する。

「わかったって…、キスしちゃダメでしょう!」

「おれ的なプラトニックは、濃厚なキスとセックスOKなんだ!」

「おれ的じゃないでしょうっ、それじゃ世間と正反対じゃないですかっ!」

真っ赤になって抗議してしまい、また慎一に笑われてしまった。

すっかり脱力してベッドに寄りかかったとき、軽いチャイムの音が響いた。

ふたり同時に顔を見合わせる。

「おれ出る、待ってろ」

彼が立ち上がって玄関に行くと、なんだか急にバツの悪い気分になった。

「こんばんは、松村くんだね」

心臓が躍《おど》り上がった。もちろん嬉しくてじゃない！

慎一がふつうに応対している。松村より五歳年上の社会人だからだろうか、声も落ちついて聞こえた。

「あ、ごめん。そのままで聞いてほしいんだけど、ひかるのことで」

「意外と遅《おそ》かったですね」

「なにが？」

「もっと早く、誰《だれ》か出てくると思ってました」

松村の声も穏《おだ》やかだ。

「ひかるくん、こっち来てくださいよ。一緒《いっしょ》に話しましょう」

玄関から聞こえる口調はもの静かで、かえって首を絞《し》め上げられる気がする。額に冷や汗《あせ》が浮《う》かんできた。

「……よし、ひかるこい」

やや間が開いて慎一が呼ぶ声がした。

〝ああ～………〟

ぼくは胸を患《わずら》った病人のように、ふらふらと玄関に向かった。

プレッシャーだっ、重いーっ！

でも松村の方がもっとプレッシャーを感じてるはずだ。どんな顔をして会えばいいんだ。

「こんばんはひかるくん。あれっ、顔色よくないよ、大丈夫《だいじょうぶ》ですか？」

〝おまえのせいだよ！　あたりまえじゃないかっ!!〟

顔を上げると、松村はいつもの笑顔でぼくを見ていた。でも……笑えない……。

「まあさ、こいつもちょっと参ってたから、話し合う必要があると思うんだが」

慎一が割って入る。

「そうですね、ちょっと追い詰《つ》めちゃいましたね。反省しています、ごめんなさい。えーと、あなたは『アンブル』で〝お姉さん〟と一緒にいた方ですね。彼女の恋人《こいびと》ですか？」

あくまで世間話のように松村は愛想よく話す。

内心はどう思ってるか知らないが、表情からは不安や憤《いきどお》りなどまったく窺《うかが》えない。ぼくにはとうていマネできない技だ。

「あんまり言いたくないんだが、姉キ公認でおれはこいつと付き合ってる」

慎一がぼくの肩《かた》に手を掛けて軽く引き寄せた。

とたん、猛烈《もうれつ》な良心の呵責《かしゃく》に苛《さいな》まれる。

あぁ、バツが悪い！　本当に顔を覆《おお》ってしまいたい。

「松村、ごめん。ごめん……」

慎一の手を外して、ぼくは本気で松村に頭を下げていた。少なくとも、ぼくが彼の立場だったら、こんな状態には耐《た》えられない。態度にこそ出さないが絶対彼は傷ついているはずだ。

「ひかるくん、この嘘《うそ》はちょっと苦しいよ」

松村は薄笑いを浮かべて慎一を見上げると、うっとりとも見えるような顔をした。

「ねぇ、お兄さん。頼《たの》まれたんでしょう。ひかるくんにかな？　それともお姉さんに？　まあ、どっちでもいいんだけどね。もしひかるくんに『男』がいたら、こんな純なわけないでしょう。そこが好きなんだから」

そこでいったん言葉を切ると、松村は優し気な目でぼくの顔をのぞき込んだ。

だから、それが誤解なんだって。大抵《たいてい》の男は『男』なんていないんだから……。

「ひかるくん、僕《ぼく》と一緒に住みませんか？　大切にします。けして後悔《こうかい》はさせませんよ」

するよきっと……。それによくなっても困る。

「悪いけど断る」

ぼくは静かにきっぱりと答えて〝ほら見ろ、すぐバレたじゃないか！〟という目で慎一を見上げた。

慎一はにっこりと〝彼氏〟の顔で微笑《ほほえ》み返すと、ポンとぼくの頭に手を置いた。

「わかってもらえなくてもいいけどさ、松村。おれはこいつが好きだし、こいつが好きなのは、おれだ。他人《ひと》のもの欲しがってもしょうがねーだろー」

「うーん、困りましたねえ。お兄さんがひかるくんの男ですか？」

ぜんぜん信用できないなぁ、という目で松村が苦笑した。

「じゃあ、ちょっと失礼して」

言うなり彼はスーツのまま、玄関のコンクリートの上に座り込んであぐらをかいてしまった。

「あ、松村」

スーツが汚《よご》れる、とあわてて手を上げかけて慎一に止められた。松村は軽く掌を振《ふ》ってぼくを制する。

「あ、気にしないで、あげてもらえないのわかってるから」

そのまま慎一に視線を向けると、スッと目を細めた。

「さ、じゃお兄さん、ひかるくんにキスでもしてもらおうかな」

〝頼まれたノン気の男なら、キスなんかしないよね〟って顔だ。

慎一は苦笑すると、ちょっと嬉しそうな顔でぼくを見下ろした。目も唇《くちびる》も楽しそうにニヤニヤしている。あきらかにこの状況《じょうきょう》を楽しんでいるようだ。

そしてぼくは、『恋人』の前では後退《あとずさ》れないのだ……。

「そう言ってることだし、期待に応《こた》えるかな」

「えっ!?　こっ、ここでっ？」

思いっきり動揺《どうよう》した。

「ま、松村の目の前でーっ？？」

「セックスしろって言われたら、さすがにちょっと照れくさいけどな」

「あ、ちょ……」

〝し、慎一ィーっ、ちょっと待てっ、じゅん先生のばかーっ!!〟

「あ…あのあの…し、慎一…」

軽く背中に手を回されて、さすがに動揺した。

『……じたばたするな、おれに任せろ』

耳元で彼が低く囁《ささや》く。

『いいから、おまえは目閉じて力抜《ぬ》いて口開いて待ってろ』

一通り歯医者みたいな指示を済ますと、彼氏の顔で目を細めてぼくを見つめる。

――好きだよって表情を作るからすごい……!

〝はぁ～っ〟とあきらめて目を閉じると、慎一の腕《うで》が背中に回ってきた。

全身の筋肉が緊張《きんちょう》で突《つ》っ張りそうだ。ファーストキスを待つ女の子は、こんなに恐《こわ》いものだろうか？　違うっ、絶対嬉しい期待もどこかにあるはずだ。

ぼくみたいに円グラフの九五パーセントが、『よせっ、やめろ！　ごめん許して！』で、残り五パーセントが、『ええいしかたがないっ、どうにでもなれ！』じゃないはずだ、きっと……。

慎一の右脇《みぎわき》に抱《かか》え込《こ》まれるように、上体を傾《かたむ》けられて唇が触《ふ》れる。

〝これは女の子だっ！　ししし、慎一ってじつは女の子なんだっ！〟と思いたくても異様に無理がある。

背中から回った手が、脇の下に差し込まれて指でコソッとくすぐられる。『あ…』と口を開きかけると、そのまま舌が滑《すべ》り込んできた。

〝うっわ〜っ、生あったかい舌の感触コーヒー味〟

この前女の子としたのはいつだっけ？　が一瞬脳裏をよぎった。

彼の長い舌が強引に絡《から》まって、唇を吸われると舌の根元からぞくぞくする感覚が首筋を駆《か》け上がる。ホントに男にされてるってぞわぞわと、なんだかわけのわからない痺《しび》れが、頭の後ろから全身に走り抜けた。

〝こ、こいつ巧《うま》い。うわ〜っ、どうしようーっ！〟

焦《あせ》ってる気持ちと裏腹に、膝《ひざ》ががくがくと笑いだす。

洋画のキスシーンのような『貪《むさぼ》るようなキス』ってのは、きっとこーゆーのをいうんだ。

「ふぅんん……ん！　ん！　んーっ！」

『しんいち……や！　め！　ろーっ！』

もういい！　もう充分《じゆうぶん》だと思ってるのに……。あきらめが悪いといいたげに、彼の指がTシャツの中に入ってきて、ぼくのつま先が床《ゆか》を掻《か》いた。

〝胸をまさぐってくる慎一の指を、なんとかしてくれぇぇ……っ！〟

剝《は》がそうとして出した右手も摑《つか》まれ、やんわり封《ふう》じられてしまう。あくまで穏《おだ》やかな動作で焦ってるのはぼくだけだっ。

もう成す術《すべ》もない、まな板の上の鯉《こい》。反則だっ！　ブレイクブレイク⁉

乳首を撫《な》で回されたうえ、長々と激しいディープキスをされて、緊張の糸がぷつんと切れてしまった。

ずいぶん恥《は》ずかしい声が、自然に漏《も》れてしまう。全身だらりと弛緩《しかん》して、慎一に支えられてかろうじて立っていた。

やっと唇が離《はな》れて身体《からだ》を抱え直された。薄《うす》く目を開くと慎一の瞳《め》が〝よしよし〟と笑っている。ぼくの口の端《はし》を濡《ぬ》らしている唾液《だえき》を舌で舐《な》めあげて、彼は「いい子だな」と耳元で囁いた。

その甘い声に首筋がぞくりと粟立《あわだ》った。

さも愛《いと》おしそうに、彼はぼくの顔を自分の胸に押しつけた。はぁ〜、慎一の心臓の音が聞こえる。

——も………っ、もー、どーなってんだかボーッとしちゃって頰《ほお》が熱いー。自分の足元さえもわからなかった。

「……慎一」

倒《たお》れそうになりながら彼のTシャツの背中を摑むと、妙《みょう》に切ない吐息《といき》まで漏れる。

「続きはあとでしてやるよ」

「うん…」

ほとんど腰砕《こしくだ》けで支えられていて、ぼくは意味がわからないまま返事をした。そのまま松村の方に身体を捻《ね》じられて、後ろから彼に抱きすくめられる。

ぼくの頭の上に慎一が顎《あご》を載せた。

「どうだ、ウブくて可愛《かわい》いだろう」

挑戦的《ちょうせんてき》な声が響いて、ぼくは首に掛《か》かった彼の腕を摑んだまま、カアァーッと頭のてっぺんまで血が昇ってしまった。

——ダーンッ!! という激しい音に、ぼくの身体はビクンッと跳《は》ね上がった。

見下ろすと、松村が右手の拳《こぶし》を握《にぎ》りしめてドアに押し当てている。その腕がぶるぶると震《ふる》えだし、肩が激しい発作のように上下した。

きつく唇を嚙《か》んで、鋭《するど》い目で見据《みす》えられるとグッと身体がすくんでしまう。

〝や、やりすぎ………〟

ザッと松村が立ち上がり、〝殴《なぐ》られる!〟と思ってぎゅっと目を閉じた。

「あ……あ、頭にきたっ………くっそーっ、世の中こんな頭にくることあんだな、ちきしょー………っ!!」

だんだん声が低くなり、唸《うな》るように呟《つぶや》く。

「おいっ！」

きつく上を見上げると、松村は慎一に人差し指を突きつけた。

「許せないな、おまえ！　僕《ぼく》はいままで他人を憎《にく》いと思ったことはなかったよ。でも、おまえは別だっ!!」

「あきらめろ」

きっぱりと慎一が答える。それを完全に無視して、松村はぼくの方に視線を下げた。

「ひかる……」

ふうっと苦しそうに息を吐《は》くと、一変して彼の顔が苦渋《くじゅう》の表情に変わる。

〝やっちゃいけないことしたんじゃないのか？　こんな、こんなこと……〟

「なぁ、僕んとこにこいよひかる。なあっ、このまま一緒に帰ろうよ。なあっ……！」

絞《しぼ》り出すような声に顔を覆いたくなる。

胸を突き上げられるようだ。だってこいつは、こんな……、こんな見苦しいことする奴《やつ》じゃないんだ。

黙《だま》ってても女の子が寄ってきて、スマートでセンスのいい付き合いをして……。こんな風にみっともなく取り乱したり、修羅場《しゅらば》を演じるような奴じゃないのに……………。

「好きだよ……。こんなに、好きなのにっ」

スッと松村の手が伸びて、指がぼくの頬《ほお》に触れた。

「触るなっ、おれのだぞ！」

瞬間足が宙に浮いた。ぶらんと身体が横に振られる。子どもがオモチャを後ろに隠《かく》すように、慎一が身体を捻じってぼくを松村から引き離していた。

「あきらめろっ!!」

声にも真剣《しんけん》な怒《いか》りが含《ふく》まれている。

「ふ〜っ」

松村はいまいまし気《げ》に、長い息を吐いた。

「じゃあ………、おまえから奪《と》ってやるよ」

感情を押し殺した平坦《へいたん》な声が響き、ぼくは半ば松村に背を向けた格好で、ごくんと唾《つば》を呑《の》み込んだ。

「必ずな、覚えてろっ!!」

吐き捨てるように言い切ると、後ろでドアが開く音がした。

しばらくして——、カシンとドアが閉じる。

…………間…………。

ぼくを脇に抱えたまま、慎一は素早くドアのロックを掛けた。そのままぼくを引きずって居間に戻ってくる。彼に手を離されたとたん、ぼくは膝に力がはいらず床にへたり込んだ。

「……まいったぜ」

彼は立ったまま大きく深呼吸して、バリバリと頭を掻《か》いた。冷蔵庫からビールの五〇㎖缶を二本取り出すと、ぼくの隣に腰を下ろしてプルトップを開ける。

一気に一本空けてから、彼は〝は～っ〟と息をついて手の甲で口元を拭《ぬぐ》った。

「なんてヤツだ…あいつ、あぶねーぞっ！」

腹立たしそうに言って、慎一は二本目のビールを飲み始めた。

「それ、ぼくにも少しください」

彼に渡されたビールを、ぼくは全部飲んでしまった。

空になったアルミ缶を置いたぼくを、慎一は眉《まゆ》をひそめて、しかたなさそうな表情で眺《なが》める。

自分がアルコールに弱いのを知っていても、もうたまらなく喉《のど》が渇《かわ》いていて、何か飲みたかったのだ。酒を飲むと嫌《いや》なことを忘れるっていうのなら、少しのあいだでも忘れたい。

すぐに顔が熱くなってこめかみがドキドキする、なのに気分はちっとも軽くはならなかった。

「……すいません、飲んじゃいました」

「いいけどなぁ、大丈夫なのか？」

心配そうな顔で、彼は僕の肩《かた》に腕《うで》を回して抱《だ》き寄せた。

慎一が付けっぱなしのテレビを消して、部屋が急に静まりかえった。

後味が悪い……。ビールの苦みだけが舌に残っていて、さっきの松村の苦しそうな表情を思い出してしまう。松村には、たしかに酷《むご》いことをしたという罪悪感がある。あきらめさせようとして、逆に追いつめる結果になったのかもしれない。

——でも、そのままだったら……、いったいぼくに何ができたんだろう……？

「おいっ、絶対あいつに同情なんかするなよ！」

慎一がぼくの肩を掴んで揺さぶる。

「うん……」

ぼくは曖昧《あいまい》に頷《うなず》いた。

すごく悪いことをした気分は拭えない。とうぶん落ち込みそうだ。

「ひかる」

「うん？」

「いいか、すぐに、おれんとこに越してこいっ」

目の前で慎一がぼくの両肩を掴んで言った。

「……うん」

額に手を当てて、ぼんやり返事をしたぼくは、「えっ？」と驚《おどろ》いて顔を上げた。

「くっそお…、もっと早くそうすりゃよかったぜ」

悔しそうに彼はそう言う。

「ただでさえ危なっかしいのに…、今度、松村《あいつ》が来たら本気《マジ》でヤバイぞ」

「え、でもっ……仕事に差し障《さわ》るでしょう?」

じゅん先生が、彼は他人がいると仕事ができない人だと言っていた。

絵を描く仕事場である部屋は、慎一にとっての聖域で、誰《だれ》も呼ばないのは邪魔《じゃま》されたくないからなのだ。泊めてもらったことはあるけど、一緒に住むとなると、また話は別だと思う。

「おれは、おまえがいても仕事はできる。かえって姿が見えないと、あいつに拉致《らち》されてるんじゃないかって気が気じゃないぞ」

「…じゃあ、ホントに間借りしてもいいですか?」

「ああ、いいから甘えろ。おれは、おまえの『彼氏』なんだぜ」

そう言って彼は自分を指すとニヤッと笑った。

「セキュリティがしっかりしてるから、ここよりよっぽど安全だ。なにより、彼氏《おれ》がいるんだから、松村だってそうそう近づけないさ」

「助かります」

ぼくが頭を下げると、慎一が満足そうに頷いてくれた。頼《たの》もしい申し出に安堵《あんど》したとたん、強《こわ》ばった肩からふ〜っと力が抜ける。本当に助かった。次にこの部屋で松村とかち合ったらと考えただけで、ひとりだったら恐怖に近いストレスで胃が痛くなったろう。

「ぼくにできることがあれば、なんでもしますから」

部屋もそうだが、慎一の存在はやっぱり頼もしくて心強い。

「そりゃあいいけどな、おまえいま顔が真っ赤《まっか》だぞ」

「そうですか…？」

慎一に頬をつかれて、ぼくは笑いながら自分の頬を押さえた。

「目も潤んでるし、ろれつが回っていない」

「ちょっと酔《よ》ってるのかな…？」

指摘《してき》されて初めて気がついた。さっきのビールが効いているのか、身体が火照《ほて》っていて頭を振《ふ》るとくらくらする。

でも、気持ちが悪くなったり頭痛がしないので、珍しく気持ちがいい酔い心地だ。

「ビール一本で酔うなよ」

「すいません…。でも水代わりにビール飲む慎一に言われても、困るなぁ～」

言いながら自分でクスクス笑ってしまった。たしかにろれつが回ってない。

「おれはな、ひかる」

「…はい」

「気に入ったものは、誰にも触らせない主義なんだ」

「…そうなんですか？」

きげんがよさそうな慎一に、舌っ足らずな相づちを打つ。自分で立てるのにと思いながら、ぼくは彼に抱き上げられてベッドに横たえられた。

少し身体《からだ》が重くてけだるい感じ。でも、目を閉じるとふわふわした浮遊感がある。

「おまえを松村に渡さないから、安心しろよ」

「はい、ありがとうございます…」

「…っとに、可愛いよな〜、おまえって」

慎一が笑いながら、ぼくのＴシャツを脱がせてくれた。火照った素肌が空気に触れて、シーツの冷たさが気持ちいい。髪《かみ》を優しく撫《な》でてくれる指や、身体の上で動く慎一の指に、さらに夢見心地になってしまう。

でも、酔ったあげく着替えさせてもらうなんて、迷惑《めいわく》かけすぎだ……。ぼくは猛烈《もうれつ》に眠《ねむ》い目を擦《こす》って、瞼《まぶた》を持ち上げようとしていた。

そのとき、かぶさってきた身体の重みに「…はぁ…ッ」と肺から息が漏《も》れた。

——え……？　慎一も…服を着てない………？

朦朧《もうろう》とした頭で微《かす》かに疑問を感じながら、彼の身体の温かさに抱きしめられて、なめらかな素肌《すはだ》の感触が心地よくて、うっとりしてくる。

「おれなら、いいんだろ？」

鋭角的な顎《あご》を反らせた流し目に、ぼくは魅入《みい》られたように視線を逸《そ》らせなくなった。

「さっきの続きをしようぜ」

耳元で甘く囁《ささや》かれたとき、無防備に聞いてしまった〝声〟に身体の芯《しん》がじんと痺《しび》れた。

慎一に唇《くちびる》を塞《ふさ》がれると、アルコールの熱さより、もっともっと身体が熱くなってくる。

〝……さっきの続きって……？〟

舌を搦《から》め捕《と》る濃厚な口づけに、何もかもわからなくなるまで、ぼくは、しばしのあいだその言葉の意味を考え続けたのだ――。

END

あとがき

みなさまこんにちは、ゆらひかるです。

今回の『ぼくのプロローグ』は、いかがだったでしょうか？

じつはこれデビュー前に、ゆらが初めて書いたボーイズ（？）小説で、キャラクターにすごく愛着があるんです。むかし同人誌で出したものですが、角川さんからお話をいただいたのを機に、どうしても書きたかったシーンを百ページほど加筆しました。ひとりでも多くの人に読んでもらえたら嬉《うれ》しいです。

じゅん先生だけは友人の名前をもらってますが、月充《つきみつ》ひかるは、月が充ちて光る（笑）。月とくれば風で風見慎一。そんな風景に松で松村直樹って……もう、すいませんって感じですねぇ。

ゆらのペンネームの由来は、この『月充ひかる』くんからきています。他誌でデビューするとき、この名前にしたのですが、月充が読めないとか、作中キャラと同じではマズイってことで変更。しかも『ゆらひかる』も漢字を考えるのがめんどうで、ひらがなに……。

商業誌では主人公の『ひかる』の名前をすっごく変えたかったのですが、ゆらの場合キャラ名を変えると性格まで変わってしまうので、あきらめてそのままにさせてもらいました。

桜城やや先生、今回は精悍《せいかん》な慎一と可愛《かわい》いひかるのイラストを、ありがとうございました♥

そして担当Fサマと、この本を出すにあたってご尽力くださったすべてのみなさまに、ここでお礼を申し上げます。本当に、ご苦労様でした！

また続きでお会いする機会があったら、慎一とひかるのその後のエピソードや、対・松村の攻防戦が書きたいですね。またリクエストや感想をお聞かせください。そのとき、慎一と松村、どちらがタイプかも、ぜひ教えてくださいね。

◇他誌での発行物は以下の通りです◇
『ＲＹＯＵＭＡ』１・２『大切なもの』『真実《ほんとう》の言葉』『We're Alone』（ビブロス／ＢＢＮ）
『ＤＡＲＫ　ＷＡＬＫＥＲ』（ＭＯＶＩＣ／ダリア・ノベルズ）
『銀の闇迷宮／Ｄ《ダーク》・ウォーカー』１・２　如月弘鷹先生（ビブロス／ＺＥＲＯコミックス）

個人では『ゆらねっと』という名前で同人誌活動をしています。『ぼくプロ』番外編もありますので、イベント等で見かけたら、ぜひお気軽に寄ってくださいね。

詳しい商業誌・同人誌発行情報をご希望の方は、返信用封筒を同封のうえ編集部気付・ゆらひかるまで。最新ペーパーをお送りしています。

Eメール　yura@mb. infoweb.ne.jp
ホームページ　http: //village.infoweb.ne.jp/~ryouma99/

KADOKAWA RUBY BUNKO

ぼくのプロローグ

ゆら　ひかる

角川ルビー文庫　R51-3　　11483

平成12年5月1日　初版発行
平成14年5月10日　9版発行

発行者——角川歴彦
発行所——株式会社角川書店
東京都千代田区富士見2-13-3
電話/編集部(03)3238-8697
営業部(03)3238-8521
〒102-8177　振替00130-9-195208
印刷所——暁印刷　製本所——コオトブックライン
装幀者——鈴木洋介

落丁・乱丁本はご面倒でも小社営業部受注センター読者係にお送りください。
送料は小社負担でお取り替えいたします。

ISBN4-04-437603-4　C0193　定価はカバーに明記してあります。

KADOKAWA RUBY BUNKO

角川ルビー文庫

いつも「ルビー文庫」を
ご愛読いただきありがとうございます。
今回の作品はいかがでしたか？
ぜひ、ご感想をお寄せください。

〈ファンレターのあて先〉

〒102-8177 東京都千代田区富士見2-13-3
角川書店 アニメ・コミック編集部気付
「ゆらひかる先生」係

ぼくの口の端を濡らしている唾液を
舌で舐めあげて、
彼は「いい子だな」と耳元で囁いた。